각자의 우주

각자의

우주

더 잘 머물고 싶어

유영하는 삶의 기록

정영한 산문집

프롤로그

비를 피하러 들어간 작은 카페. 바 테이블에 앉아 바리
스타의 진중한 손길을 타고 내려지는 커피를 바라본다.
굵은 소나기에 섞이는 재즈 피아노 소리. 점원과 손님들
의 눈치를 살피며 카페 구석구석을 향해 카메라 셔터를
누른다. 옆자리 대학생이 가방에서 노트북을 꺼내더니
점원에게 지폐를 건넨다. 콘센트 이용료가 따로 있는 모
양이다. 플러그당 20NTD(대만 달러), 우리 돈 1,000원 정
도다. 보조배터리도 무거워 충전기만 챙겨서는 카페에
전기 동냥을 하며 여행하는 나로서는 아쉬운 일이다.

재킷 왼쪽 주머니에서 미도리 노트와 펜을 꺼낸다. B6 사이즈가 주머니에 쏙 들어가 가방 없이 갖고 다니기에 좋다. 여행 중에는 유독 수기를 고집하게 된다. 노트가 없을 때는 영수증이나 냅킨, 호텔 메모지에 적어 뒀다가 여유가 될 때 옮기곤 한다. 디지털은 너무 복제가 쉬운 탓인지 내 글이 내 것 같지 않을 때가 있는데, 손으로 쓴 이야기는 기억에 없더라도 필체가 증명한다.

정성껏 내린 커피가 나온다. 타이베이에는 스페셜티 커피 문화가 잘 자리 잡아, 수준 높은 커피 맛을 선사하는 카페들이 많다. 아로마를 보다 풍부하게 즐기고자 얼음은 넣지 않았다. 뜨거워서 아껴 마시다 보면 여유로운 느낌은 덤이다.

오늘만 벌써 네 번째 커피. 그래도 즉흥 여행의 묘미란 게 돌아다니다 카페 구경하는 정도다 보니 어쩔 수 없다. 설탕 잔뜩 들어간 메뉴나 술보다는 낫겠지. 그나마 드립 커피가 없는 카페에서는 건강 생각해서 디카페인 아이스 아메리카노를 마시기도 하지만 잠을 줄이고 시간을 쪼개 여행하는 상황에서 카페인의 도움은 필수다.

대만 타이거에어에서 운항하는 새벽 두 시 비행기를 타기 위해 열두 시에 집에서 나와, 비행기에서 잠깐 눈을 붙인 게 오늘 수면의 전부다. 보통 해외여행 첫날은 비행기를 타고 도심으로 이동하는 데 시간과 에너지를 다 쓰기 마련이지만 이 항공편은 오전 여섯 시에 도착하는 덕에 휴가 낼 필요 없이 2박 3일을 꽉 채워 여행할 수 있다.

　아무리 피곤해도 여행지에 도착하면 설렘에 정신이 번쩍 든다. 젊어서 누릴 수 있는 직장인 여행자의 특권이랄까. 돌아가는 월요일도 새벽 비행기니 호텔을 잡을 필요가 없다. 비행기에서 잘 자는 편이라면 숙소 값까지 절약하는 일석이조 도깨비 여행이다.

　무얼 위해 이렇게까지 여행을 다니냐고 묻는 사람들이 있는데 딱히 이유가 있어서는 아니다. 그냥 일상에 묶이기 싫어서? 여행이라는 게 영 사치스러워 보이기 십상이지만 사실 나의 여행을 들여다보면 그렇지만도 않다. 필요한 짐만 가볍게 챙겨서 게스트하우스 하루 잡고 이틀, 사흘 여행하는 경비는 누군가의 한 달 술값보다도 저렴하다. 겸사겸사 하루는 영상을 찍어 유튜브에 올리기도 하고, 사진 찍고 글 써서 이렇게 책으로도 나오니 심심할 틈 없이 즐겁다.

아나운서 5년 차, 첫 책을 낸 지도 벌써 2년이 넘었다. 10대, 20대 내내 나는 정답을 좋았다. 조금이라도 정답에 가까워지는 법을 연구해 온 만큼 어린 시절에 대해 자부심이 넘쳤고, 스스로를 삶의 개척자라 믿어 왔다. 그리고 자기 확신이 정점에 이르렀을 때 내 시간들을 사람들에게 전하고 싶은 마음에 책으로 엮어 냈다. 공감과 성원에 기뻐하며 1년 남짓 지났을까. 끝없이 달릴 줄 알았던 내 바퀴에도 구멍이 났다. 물론 세상에 정답 따위 없다는 건 이전에도 알고 있었다. 그럼에도 나름의 원칙을 세워 나가던 그 시절, 나의 우주는 생기로 가득했다.

하지만 불현듯 모든 게 엉터리같이 느껴지기 시작했고 내 주장에 반기라도 들듯 하루하루를 보냈다. 그렇게 내 삶은 중구난방으로 흘렀다. 계속 움직이려 애썼지만 방향감을 잃었고, 더 이상 이렇게는 못 하겠다며 반항하듯 멈춰 섰다. 그런데 도리어 주변에서는 잘했다고 응원했다. 마냥 달리기만 한다고 좋은 게 아니란 걸 알 듯하면서도 마음 한 켠은 여전히 찝찝했다. 이게 맞나.

　하지만 그렇게 멈추고 나서야 또 다른 우주들이 보이기 시작했다. 우주는 하나가 아니었다. 각자의 우주들이 있었다. 모든 걸 헤아릴 수 없다는 걸 받아들이는 과정 속에서 오히려 시간이 거꾸로 흐르는 기분이 들었다. 정답의 실마리를 찾겠다며 지나친 시선들을 향해 이제 와 뒤늦은 어리광을 부린다.

　이 책은 용도가 어긋나 버린 여행 사진첩이다. 방황을 자처하며 이방인이 되기를 갈망한 흔적들의 각주이자, 어리숙한 20대를 닫는 한 사회초년생의 반성문이다. 결핍을 치장으로 감추기 바빴던 탓에 그 어느 때보다 감사해야 했을 시기를 참 무심히도 흘려버렸다. 좋아지는 여건 속에서 왜 점점 더 만족을 모르는 바보가 되어 갔을까. 좋은 게 좋은 줄 몰랐고, 특별한 줄 몰랐고, 귀한 줄 몰랐다.

　더 이상 욕망하지도 저항하지도 않기로 해 본다. 어른이 되는 거라는 핑계를 대며 스스로 무뎌져 가는 사이, 좋았던 기억들은 벌써 하나 둘 자취를 감췄다. 더 늦기 전에 그 소중했던 시간들을 톺아본다. 그리고 함부로 잊지 않기 위해, 못난 나를 관심으로 보듬어 주는 이들과 나누고자 하나라도 더 남겨 본다.

나의 초라한 여행기가 책임에 눌려 세상살이를 이어가기 바쁜 당신의 파릇파릇했던 옛 기억을 조금이나마 불러일으키길.

기억하기 위해 떠나는 새로운 모험에 작은 불씨가 되길.

그럴 수 있다면 나는 얼마나 기쁠까.

2026년 2월

정영한

차례

해피 뉴 이어

12월 31일, 2022년의 마지막 날. 이스탄불에서 국내선을 타고 늦은 밤 카이세리 공항에 도착했다. 공항을 나서자마자 옷 틈을 파고드는 찬 공기에 이스탄불에서보다 사뭇 추워진 겨울 날씨를 실감했다. 예약해 둔 작은 승합차를 타고 칠흑 같은 어둠을 달려 카파도키아, 괴레메 마을로 향했다.

밤 열 시쯤 됐을까. 마을에 도착해 마주한 광경은 경이로웠다. 상점들로 둘러싸인 작은 광장 중앙에 피어오르는 캠프파이어 주변으로 영하의 날씨에도 시끄러운 클럽 음악에 몸을 싣고 연방 입김을 뿜어 가며 음주가무를 즐기고 있는 많은 사람들. 불시에 만난 파티에 어쩐지 들뜬 나는 일단 숙소로 가서 짐을 던지듯 팽개치고는 무리 속으로 뛰어들었다. 한 시간 정도 흐르자 곳곳에서 폭죽이 터지더니 카운트다운이 시작됐다.

"쓰리!"

"투!"

"원!"

"해피 뉴 이어!!"

그렇게 오늘 처음 만난 낯선 얼굴들과 어깨동무를 하고 노래를 부르며 1월 1일 새해의 첫날을 맞이했다. 타지에서 파티를 벌이며 떠나보내는 한 해의 마지막 순간은 신기하리만큼 행복했다.

나의 한 해는 늘 잔뜩 힘을 줘 출발했다가 아쉬움과 반성으로 매듭짓는 식이었다. 그래서인지 12월 31일은 이상하게 기운이 없었고, 대체로 집에서 얌전히 제야의 종소리를 들으며 싱겁게 보내다 다음 날 떠오르는 태양을 맞이하며 애써 의지를 다지는 게 보통이었다.

● | ▶

　여행자를 꿈꾸다 직장인이 됐다. 학창 시절 진학 고민부터 궤를 같이해 오랜 세월 바라 왔던 취업. 그로부터 1년. 새로운 환경에 적응하기 바빴던 지난 시간의 장면들이 머릿속에 하나 둘 떠올랐다. 카메라와 캐리어에 먼지가 쌓이고 여권을 어디에 뒀는지조차 잊어버린 내게도 연차가 있다는 사실은 변함없었다.

　직업 특성상 휴가 갈 틈을 내기가 쉽지 않다. 맡고 있는 방송에 대한 책임감도 있지만 이제 막 첫걸음을 뗀 열정의 신입에게는 '몇 년 동안 휴가 한번 안 가고 자리를 지켰다'는 어느 선배의 수식어가 꽤 멋져 보였다. 누가 알아주지 않아도, 타인의 인정에 앞서 스스로의 사명을 가진 선배들을 보면서 꼭 떠나기 위해, 더 멀리 나아가기 위해 사는 것만은 아닐 수 있겠다는 생각이 들었다.

　성실하고 싶은 직장인과 떠돌이 여행자의 정체성은 지금도 끊임없이 충돌한다. 그래서 나는 스스로를 이방인으로 규정하기로 했다. 그리고 나를 돌보기 위해 생각보다 긴 2주의 휴가를 냈다. 주말 근무로 인한 대체 휴가가 제법 쌓여서 2주를 쓰고도 그만큼이 남았다. 휴가 갈 생각조차 못 했던 막내로서는 나름 과감한 선택이었다.

마침 여권도 만료됐고, 새로 발급받은 여권에 찍힐 첫 도장인 만큼 여행지 선택에 신중해지고 싶었다. 개인적으로 사람의 정수는 아주 사소한 각자만의 기준으로부터 나온다고 믿는다. 그래서 때로는 나조차 유난스럽다 느낄 만큼 작은 데 의미를 부여할 때가 있다. 지금까지 내 삶에 쌓인 특이점들은 하나같이 별것 아닌 의미 부여로부터 시작됐다. 매사에 물음표를 달고 스스로 답을 내는 삶. 오랜만에 주어진 나만의 2주가 정체성의 연장과 확장을 이루는 시간이 되기를 바랐다. 그래서 고민 끝에 '2군 여행지'에 가기로 했다.

지극히 개인적으로 세운 기준이지만 누군가에게 여행지를 말했을 때 "아, 거기 좋다더라!" 하는 곳이 2군이다. 주위에 한 명쯤 다녀온 사람이 있어서 좋다는 이야기는 들었고 가고 싶다는 생각도 하지만 런던·파리·뉴욕·도쿄 등 1군 여행지들에 밀려 후보 목록에만 머무는 곳들 말이다. 참고로 "거기 좋지!" 하면 1군, "거기가 어딘데?" 하면 3군이다.

그렇게 첫 번째 휴가지로 낙점된 곳은 튀르키예였다. 기암괴석 사이 열기구가 잔뜩 떠 있는 카파도키아의 풍경, 중앙아시아부터 유럽까지 호령했던 오스만 제국의 강인함, 고대 신성 로마 제국의 수도였던 콘스탄티노플이 지금의 이스탄불이 되기까지 세계에서 가장 큰 두 종교인 기독교와 이슬람의 발자취를 고루 느껴 볼 수 있는 그곳. 케밥과 아이스크림으로 우리에게 너무나도 친숙한 형제의 나라, 익숙한 옛 이름 터키.

설레는 마음으로 창고에서 먼지 소복한 캐리어를 꺼내 짐을 가득 눌러 담았다. 원래 옷을 여러 벌 가지고 다니는 걸 번거로워하는 편이지만, 이번 여행 동안 옮겨 다닐 지역들의 기온이 영하부터 영상 24도까지 다채로운 까닭에 사계절 옷을 전부 챙겨야 했다. 대체로 구겨질수록 멋이 사는 편안하고 낡은 옷들로 골랐다. 여행지가 여행지인 만큼 깔끔 떨고 싶지 않은 마음이었다. 괜히 머리도 덥수룩한 상태로 애써 다듬지 않았다. 모래 먼지 속을 마음껏 굴러도 신경 쓰이지 않을 일종의 전투 채비를 갖췄다.

하루라도 더 오래 여행을 즐기고 싶은 마음에 퇴근 후 곧장 출발하는 항공편을 골랐다. '저 오늘부터 휴가 갑니다.' 자랑이라도 하듯 주렁주렁 보부상처럼 출근했더니 선배들이 놀리듯 축하해 줬다. 어느 때보다 가뿐한 마음으로 방송을 마치고 회사를 나섰다. 오랜만이라 찌걱거리던 캐리어 바퀴가 내 마음을 대변하듯 다시 매끄럽게 돌았다. 멈춰 있던 여행자의 설렘도 덩달아 들끓었다.

설렘의 시작

여행에 있어서 설렘이 가장 고조되는 공간을 꼽으라면 단연 공항이다. 한여름 폭염부터 혹한의 겨울까지 공항의 온도는 각기 다른 위도와 경도로부터 온 모든 여행자들의 계절감을 허용해 반팔을 입어도 춥지 않고 패딩을 입고 있어도 덥지 않다. 익숙하지 않은 언어들의 공명은 약육강식 사회로부터의 해방을 알리고, 보이지 않는 계층의 벽 또한 아무도 모르는 사이에 허물어진다. 그렇게 공항에서는 모두가 일상과 결별한다.

　　사실 당장 티켓부터 등급이 나뉘기는 한다. 면밀히

따져 보면 그 어떤 곳보다 자본주의적 구분이 적나라한 곳이지만 저가 항공사 위주로 이용하는 나로서는 비즈니스 좌석을 부러워할 일이 좀처럼 없다. 다만 탑승장까지의 거리가 좀 멀긴 하다. 내가 타는 비행기들은 대체로 면세 매장들이 모여 있는 곳으로부터 한 번 더 열차를 타고 이동해야 한다. 수고스러움이 따르지만 오히려 좋다. 돈 덜 내고 어트랙션을 두 개나 탈 수 있는 셈인 데다가, 보다 깊숙한 곳에서 여정을 시작할 수 있지 않느냐고 합리화한다. 돌아오는 열차가 없으니 탑승동 확인에 주의하라는 문구엔 괜히 더 설렌다. '돌아올 수 없다니, 짜릿한걸!' 뒤도 돌아보지 않고 속세를 떠나겠다는 포부로 일탈감을 깨운다.

비즈니스 좌석들을 지나쳐 가며 이코노미 좌석 구석에 앉아야 하는 국적기에 비하면 좌석 구분 없는 LCC 항공사의 콤팩트한 기종은 평등한 유토피아다. 여행길에서까지 우열을 따지고 싶지 않다. 운 좋게 비상구 쪽 자리라도 배정받으면 세상을 다 가진 기분이다. 무릎 펼 공간은 부족할지언정 부러운 것 없이 마음이 넉넉해진다. 언젠간 나의 행복의 역치도 보험료처럼 더욱 비싼 값을 요구할 것이다. 그러니 저렴할 때 무리해서라도 많이 다니려 한다.

삭막한 도시 생활에 치이던 사회초년생에게는 티켓 확인을 돕는 승무원의 그 찰나의 상냥함조차 낯선 동시에 적잖은 위로가 된다. 좌석을 찾아 앉으면 들뜬 승객들의 웅성거림, 요란해지는 엔진 소리, 찰칵하고 안전벨트 매는 소리가 자연스레 섞이고, 기내 방송으로 승무원의 안전 데모가 흘러나온다. 일찍이 방송·강연자를 꿈꿨던 때문인지 안전 데모도 경청하는 편이다. 더불어 다른 사람들의 반응도 보게 된다. 말 잘하는 것 못지않게 잘 들어주는 것 또한 복으로 돌아온다고 믿는다.

비상 탈출 안내가 끝날 무렵이면 스르르 잠이 든다. 모터 소리에 유난히 취약한 탓이다. 회사에서도 분장을 받을 때 드라이기 소리에 꾸벅 졸곤 한다. 그렇게 잠이 들었다 정신을 차리고 나면 대개 이미 구름 위다. 그럴 때마다 기분이 좀 이상하다. 나란 존재가 물리적으로 설명하기 난해한 상태가 된 듯한 느낌이 들어서다. 일단 출국 심사를 통해 모국을 떠났는데, 어느 나라의 영공 위에 있는지는 알 수 없는 상태다(LCC 항공기의 경우 모니터가 없는 경우가 많다). 비행기가 중간에 다른 데로 가도 알 길이 없다. 입국 심사대에서 도장을 찍기 전까지 그저 구름 사이를 떠돌 뿐이다. 어디 그뿐인가. 시속 700~900킬로미터로 달아나며 시차마저 계속해서 바뀐다. 나의 시공간을 딱 잘라 설명할 수 없는 이 모호함 속에서 나는 완전한 이방인이 된다. 사회·환경으로부터 분리된 채 그저 비행기 안에 '나'로 존재한다. 그렇게 물리적으로나 심적으로나 높은 위치에서 스스로를 보다 객관적으로 내려다본다. 한동안 놓쳤던 생각들과 일기를 정리하기에 더없이 좋은 순간이다. 손으로 쓴 일기장도, 비행기 모드인 휴대전화 메모장도 이 순간의 좌표를 정의하기는 썩 곤란할 것이다.

코로나 이후 첫 장거리 비행이었다. 인천에서 이스탄불까지 열두 시간의 여정은 자다 깨기를 수차례 반복해도 갈 길이 한참이다. 역마살이 짙은 내게 가만히 앉아 있는 시간은 참으로 고역이다. 손목시계와 모니터 화면 속 시간이 어긋나기 시작했고, 자고 깨고 먹고를 반복하는 사이 이스탄불 공항에 도착했다.

기장의 랜딩 시그널에 승객들이 하나 둘 깨어났다. 기내가 조금씩 시끌벅적해졌다. 안전한 착륙을 위해 기도하는 사람, 창밖에 카메라를 대고 찰칵하는 셔터음. 여행자들의 소리 하나하나에 귀 기울여 봤다. 첫 끼 메뉴를 고민하는 친구들, 사랑을 속삭이는 연인들, 좋은지 나쁜지도 모른 채 울어 대는 아기들, 긴 여행과 비즈니스를 마치고 돌아와 가족에게 연락하는 현지인들…….

비행기 문이 열리고 밖으로 나가는 순간, 각자의 시곗바늘은 다시금 각기 다른 속도로 흐를 것이다. 도착지에 머무는 시간이 짧을수록 그 속도는 더욱 느리게 기록될 것이고, 또다시 일상을 반복할 사람들에게는 속절없이 지나갈 테다. 5년 전, 일주일간의 인도 여행은 한순간도 빠짐없이 기억하면서 지난주 화요일 점심 때 누구와 뭘 먹었는지는 금방 떠올리지 못하듯이. 물론 반대가 될 수도 있다. 너무 즐거워 쏜살같이 지나가 버리거나 똑같은 나날이 지루해 영겁의 시간처럼 느껴질지도 모를 일이다.

그래서 적어도 한두 달에 한 번은 이런 여행감旅行感을 느끼기 위해 떠나고 싶다.

이방인의 시선으로 나를 돌아보기 위해서,

나아가고 있는 방향키를 조정하기 위해서,

흘러가는 젊음을 여행의 장면으로 조금이나마 묶어 두기 위해서.

여행이 싫었다

지금은 마치 여행 없이 못 사는 여행예찬론자처럼 돼 버렸지만 사실 여행을 썩 좋아하지 않았다. 아니 외려 싫어하는 축에 속했다. 대학 시절, 방학 때면 누가 먼저랄 것도 없이 친구들이 SNS에 올리는 해외여행 사진들을 보면서 속으로 흉을 봤다.

비행기와 숙소 값으로만 수십만 원을 태우는 게 납득이 안 됐다. 그 돈이면 서울에서 할 수 있는 게 얼마나 많은데. 가까운 일본·대만 여행 경비만 해도 한 달 생활비였다. 음식? 우리만큼 맛있고 다채로운 나라가 어디 있

나. 심지어 집에서 터치 몇 번만으로도 세계 진미를 맛볼 수 있는 배달의 민족 아닌가. 쇼핑도 마찬가지다. 요즘은 해외 배송도 일주일이 채 안 걸린다. 심지어 현지보다 더 싸게 파는 경우도 부지기수니 굳이 위험을 무릅쓰며 집 나가 개고생 할 이유가 있나? 세계 각국에서 한국으로 여행 오고 싶어 난리라는데 그냥 집 근처 돌아다니는 게 돈 버는 여행이지.

삶의 선택지들 사이 언제나 돈이 훼방 놓던 시절이라 여행의 낭만도 그저 요행에 불과한 사치였다.

돌아보면 열등감이 빚어 낸 시샘이었다. 남을 부러워하는 내 모습을 용납할 수 없어서 여우의 신 포도마냥, 경험하지 못하는 것들에 대해 가치를 일그러뜨림으로써 박탈감을 감춘 셈이다. 당시에는 떳떳하게 싫어할 용기조차 없었다. 싫은 내색 또한 하지 않았다. 결핍의 방어기제마저 들키고 싶지 않았으니까. 대신 여행을 떠나는 행위 자체를 이해하지 않으려 애썼다. 그러면 적어도 주체적이고 이성적인 척은 할 수 있었다.

보이지 않는 것들의 가치는 결핍이 아닌 권태를 비

집고 찾아든다. 어머니와 둘이 지내던 단칸방만큼이나 고민의 폭도 좁았던 10대 시절, 나라 안팎의 문제는 고사하고 당장 내 꿈이나 삶의 목표 같은 거창한 것에 관심을 가질 여력도 없었다. 다음 달 월세를 염두에 두고 매일의 저녁 메뉴를 정하는 것만으로도 벅찬 날들이었다. 우리 가족의 온 신경은 한 치 앞 생활 전선에 머물러 있었다. 식구라고 해 봐야 하나뿐인 어머니께서는 평일엔 보험·정수기 영업과 식당 접시닦이, 주말엔 병수발로 바빴다. 매주 어머니를 따라 치매를 앓고 계신 외할아버지를 찾아뵀다. 할아버지의 임종을 마주하기까지 어깨 너머로 본 어머니의 바람이란 '아버지가 딸의 얼굴을 기억하는 것'에서 '그저 하루라도 더 숨 쉬는 것'으로 점점 소박해질 뿐이었다. 모험적인 선택지가 비집을 틈 없는 소시민의 삶처럼 보일 테지만, 있는 그대로 맞닥뜨리는 자세야말로 어머니가 선택한 주체성이었다. 어머니와 나는 옛 시절을 동정하지 않는다. 미래를 걱정할 여력이 없던 덕에 오히려 현실의 고비를 무난히 넘을 수 있었다는 게 우리 모자의 자부심이다.

경쟁 우위에 대한 기대가 없던 만큼 나의 인서울 대학 합격은 집안의 경사였다. 친척들은 마치 출세라도 할 것처럼 나를 격려했다. 하지만 서울로 거취를 옮기며 맞닥뜨린 현실은 신분 상승의 희망이 아닌 박탈감뿐이었다.

적응이 너무 빠른 것도 독이다. 없이 자란 어린 시절의 충족감은 더 나은 삶에 대한 기대로 순식간에 대체돼 버렸다. 한평생 같은 동네, 평준화 학교에서 비슷한 환경의 친구들과 10년을 어울렸는데 전국 각지에서 온 다양한 사람들로 가득한 대학은 차원이 달랐다. TV나 교과서에서만 보던 경제적 층위를 실감했다. 새로운 차원의 '살아남기'가 시작됐다.

이제와 돌아보면 친구들 저마다 각자의 어려움을 숨기고 있었음을 안다. 하지만 대부분의 가난은 대학 생활의 활기에 가려지기 마련이라, 당시 내 눈에 들어오는 건 '있어 보이는' 면모들뿐이었다. 돈으로 능력과 여유를, 더 나아가 행복의 척도를 재려는 풍조 속에서 나와 친구들은 출발점부터 달라 보였다. 심지어 그 괴리란 어느 정도 기회를 잡아 열심히 하는 것으로는 따라잡을 수 없는 수준 같았다. 나만의 길에 집중하기엔 어리숙했던 반면, 친구들과는 너무 잘 섞여 버린 탓에 비교는 심해져만 갔다.

과대표부터 각종 학회와 대외 활동까지 내집단에 속할수록 당장 내게 필요한 생계적 요인들에는 애써 눈 감기 바빴다. 그 결과 늘어나는 건 겉치레뿐이었다. 밥을 굶어 아낀 돈으로 옷을 사 입고 회비를 냈다. 그러다 잔 고가 허락을 안 해서 다른 스케줄이 있는 척 술자리에 빠지기 시작했다. 처음엔 분하고 외로웠다. 하지만 자기 연민도 잠시, 내가 빠진 모임 사진들을 보는 데 금방 익 숙해졌다. 불참이 반복될수록 나를 찾는 빈도는 현저히 줄었다. 어울려 노는 자리들이 한없이 가벼워 보였다. 기 껏 모여서 나눈다는 얘기란 결국 세상에 대한 불평일 테 다. 같이 어울리고 싶은 마음을 '배부른 줄 모르고들 산 다'는 생각으로 뒤덮었다. 각자의 우주가 다르다는 걸 몰 라 나만 힘든 줄 알았으니까.

그쯤부터 낭만과 사치를 한데 묶어 경계했다. '효율' 을 추구하는 게 곧 나를 지키는 방패였다. '돈과 시간을 아끼겠다는 사람'을 누가 나무라겠는가. 그러자 취업 전 선에선 '쓸 만한 학생'으로 거듭나기 시작했다. 모든 삶의 고민을 돈 문제로 귀결시키니 확실히 속은 편했다. 다만

034

그러는 사이 주체적 삶과 행복으로부터 점점 멀어지고 있었다.

　부러움과 혐오 사이를 유랑하던 애매한 관계들은 군복무로 깔끔히 정리됐다. 입대와 동시에 취업에 도움이 될 자격증 공부에 매진했다. 있는 놈, 없는 놈 할 것 없이 똑같이 통제받는 21개월. 저비용 고효율의 정점인 환경이었다. 딱히 돈 쓸 일 없는 군대에서는 걱정도 시기 질투랄 것도 없었다. 그저 하루라도 더 먼저 들어온 선임들이 부러운 정도였다. 바라는 거라고는 오로지 시간뿐이었다. 일과 후의 운동과 독서, 휴가 나가서 PMP에 다운로드해 온 영화를 보는 정도로도 삶의 낙은 충분했다. 인터넷과 단절된 그 시기에 접한 소설과 영화 몇 편이 '아끼고 쌓아 가는 효율'만이 덕이라 믿던 나의 아집에 균열을 냈다.

　특히 앤드루 니콜 감독의 〈인 타임In Time〉. 생명과학기술의 고도화로 평생 늙고 병들지 않는 상태를 유지하며, 커피 한 잔에 4분, 스포츠카 한 대에 59년 등 수명을 화폐로 거래하는 극단적 자본주의 세상을 그려 낸 이 SF

영화에 나는 크게 공감했다.

이 집에서는 몇 달을 더 지낼 수 있는지, 몇 끼를 더 사먹을 수 있는지 계산하며 어서 빨리 좋은 직장에 들어가 시간을 노동에 녹여 돈과 맞바꾸는 게 목표였던 내게 '돈=시간'의 공식은 이미 유효했기 때문이다.

영화는 후반부로 갈수록 숫자와 효율로만 빚어진 세상의 참극을 전한다. 더불어 뒤늦게 읽은 영국 소설가 조지 오웰의《1984》나 올더스 헉슬리의《멋진 신세계》같은 디스토피아 소설들은 변화의 불쏘시개가 됐다. '나 왜 살지?' 어차피 전역하면 밥벌이 전쟁 시작인데 왜 군대에서까지 궁상맞게 이러고 사나 싶어졌다(중2병의 재발이다. 이래서 책과 영화를 함부로 보면 안 된다).

일탈감은 늘 가장 반대의 환경에서 극대화된다. 극한의 통제된 상황 속 자유롭고 싶은 욕구의 반등. 돈과 시간 때문에 나를 옭아맸던 '여행'이야말로 나를 뒤집을 수 있는 극단적 조치였다. 여행기를 읽고, 크리에이터들이 만든 여행 콘텐츠를 보면서 전역 후 떠날 여행을 상상하며 하루하루를 버텼다. 그러던 차에 '복무 중 국외여행 허가제도'가 있다는 사실을 알게 됐다. 의경으로 복무하던 나는 경찰청의 허가를 받아 3박 4일간 후쿠오카 여행을 가기로 했다.

이젠 너무나 흔한 여행지지만 당시엔 기대조차 못했던 여행이었기에 마냥 기뻤다. 공항에서 출국 심사장을 통과하는 것만으로도 어찌나 떨렸던지. 그 설렘을 공유하려고 내친김에 영상까지 만들기로 했다. 휴가 날짜를 기다리며 독학으로 영상 편집을 공부했고, 외출, 외박 때마다 PC방으로 달려갔다. 그렇게 장장 3개월에 걸쳐 완성된 나의 첫 콘텐츠가 바로 '휴가 군인&휴학 동기의 후쿠오카 여행기!'다(인터넷에서 검색하면 나올지도).

한 달에 10만 원이었던 군인 월급을 겨우 모아 떠난 만큼 여행 내내 극한의 짠돌이 기질은 이어졌다. 100엔 버스 탈 돈이 아까워서 친구에게 남은 거리를 속이며 걸었고, 에너지 드링크를 마셔 가며 잠을 참았다. 서툴고 조촐한 여정이었지만 대서양을 횡단한 콜럼버스만큼이나 거창한 마음으로 곳곳을 추억했다. 당시 함께 갔던 친구 상명과 공항에서 나눈 대화는 지금도 생생하다.

"야, 전역만 하면 우리도 싹 장비까지 갖춰서 〈여행

에미치다〉 페이지에 올라올 만한 제대로 된 여행 영상 한 번 만들어 보자!"

그렇게 스마트폰과 삼각대로 찍어 만든 엉성한 여행 영상이 페이스북에 퍼져 〈여행에미치다〉에까지 소개가 될 거라는 걸, 그 영상을 계기로 계속해서 콘텐츠를 만들며 이듬해 내가 〈여행에미치다〉에 PD로 입사하게 될 거라는 걸, 그때의 우리는 과연 예감했을까.

호의를 의심하는 슬픔

"재패니즈Japanese?"

이스탄불 공항에서 카르트 카드를 사려고 기계 앞에 섰는데 한 튀르키예인이 말을 걸며 다가왔다(이스탄불에서는 주로 '카르트'라는 카드를 사용해 트램을 타고 이동한다). 기계가 돈을 자꾸 뱉어내 애를 먹고 있었다.

여행을 하다 보면 아시아인들을 무조건 중국인 아니면 일본인으로 보는 사람들을 곧잘 만나게 된다. 그럴 때면 불쑥 내 안의 못된 내가 나와서는 해당 국가의 접경 지역에 있는 나라 이름으로 똑같이 되물어 '거울 치료'를 해 주고 싶은 충동을 느낀다. '적대감은 이질감이 아닌 동질감으로부터 온다'는 지그문트 프로이트의 말처럼 가까운 이웃 나라일수록 더 경계하고 확실하게 구분 짓고 싶어 하는 경향은 전 세계 어디나 같다.

"아 유 시리안Are you Syrian?"하려다가 얼굴을 보니 누가 봐도 도와주려는 선한 표정이기에 나도 그냥 웃으며 "사우스 코리안South Korean." 했다.

"아! 한국 사람이세요?"

이국적인 외모와 다르게 되돌아온 건 능숙한 발음의 한국어였다. 압둘라는 대전에서 6년간 일했었다며 처음 본 내게 반가운 인사를 건넸다.

"지폐 단위가 크면 기계가 인식을 못 해요. 그거 주시면 내가 편의점에서 잔돈으로 바꿔 올게요."

불현듯 다가온 태연한 선의에 나는 고개를 저었다. 내 의심을 눈치챘는지 압둘라는 혼자 어딘가로 뛰어가 잔돈을 바꿔 와서는 기계에 넣었다. 기계에서 카드가 툭 하고 무심하게 떨어졌다. 압둘라는 허리를 숙여 카드를 꺼내고는 당연하다는 듯 내게 건넸다.

"엇, 감사합니다."

당황한 상태에서 나온 인사였다.

"재미있게 여행하세요."

압둘라는 악수만 한번 청하더니 다시 가던 길을 갔다. 돈을 요구하지도 보답을 바라지도 않았다. 튀르키예에서 만난 첫 번째 사람에게 받은 첫 호의였다. 마땅히 조심했어야 할 상황이긴 하지만 잠시나마 의심했던 사실이 미안해 그의 뒷모습을 한동안 가만히 봤다.

6년간의 한국 생활이 그에게 좋은 인상을 남겼기에 한국인이라는 사실만으로 내게 이런 호의를 베푼 것이리라 생각하니 고마웠다. 압둘라에게 잘해 준 사람들과, 자신이 받은 마음을 나눠 준 압둘라 모두에게.

이스탄불 공항은 인천 공항과 제법 비슷한 느낌이었다. 구 아타튀르크 공항은 호객 행위도 심하고 정신없이 붐볐다지만 악명과 달리 신 공항은 넓고 쾌적했다. 별다른 어려움 없이 공항발 셔틀버스를 타고 이스탄불 신시가지의 중심지 탁심 광장에 도착했다. 번화한 광장에 우두커니 선 채, 구글 지도 앱을 켜고 이리저리 방향을 돌렸다.

아무렇지 않게 분주한 사람들 틈에 서 있는, 모든

게 낯선 이방인. 그 떨림 속에서 진정 살아 있는 기분을 느꼈다.

압둘라 덕에 한껏 맑았던 튀르키예에 대한 첫인상은 시내에 도착하자마자 파사삭 부서졌다.

끼익!

트램을 타고 숙소가 위치한 구시가지로 가던 중에 도로에서 굉음이 울렸다. 혼잡한 도로에서 차량 두 대가 추돌했다. 두 운전자 모두 화가 잔뜩 난 채 차에서 내렸고, 멈춘 트램의 창밖으로 싸움 구경이 시작됐다. 부딪히는 소리는 제법 컸지만, 다행히 두 차량 모두 심하게 훼손된 느낌은 아니었다. 앞 차에서 내린 운전자가 비교적 젊어 보이는 뒤 차 운전자를 잡아먹을 듯 나무랐다. 내가 보기에도 뒤 차 잘못 같은데 인정하지 않는 모양새였다. 하지만 두 운전자는 언성은 높이면서도 절대 서로의 몸을 건드리지는 않았다. 애초에 게임이 안 될 정도로 체급 차이가 있었다. 그렇게 1~2분 정도 실랑이를 하던 둘은 어느 순간 조용해지더니 찌그러진 번호판을 발로 툭툭 차서 펴고는 언제 그랬냐는 듯 각자 차를 타고 떠났다.

이렇게 끝이라고? 마치 놀란 마음을 화로 달래고, 서로 마음을 풀기로 약속이라도 한 듯했다. 지나치게 '쿨내' 나는 교통사고 처리 방식에 어리둥절해하며 주변에 지나가는 차들을 보니 하나같이 스크래치 투성이다. 이게 오스만의 야성미인가.

호텔 체크인을 하고 허기를 달래기 위해 거리로 나왔다. 로컬 분위기의 식당 앞에서 환한 미소를 짓고 있는 직원과 눈이 마주쳤다. 마침 구글 리뷰도 적잖게 달려 있던 식당이라 기분 좋게 들어갔는데 역시 여행지에서의 미소는 대체로 공짜가 아니었다. 가게 앞 호객꾼의 친절함에도 경계가 필요했던 모양이다. 물가가 천국이라는 튀르키예에서 메뉴 하나에 한화로 2만 원이라니! 분명 내가 찾아봤을 때는 5,000원이면 한 끼 배불리 먹는다고 했는데? 고급 레스토랑도 아닌 로컬 식당에서 가격이 네 배라는 건 아무래도 지나쳤다. 리뷰에 있는 메뉴판과 비교해도 두 배 가까이 차이가 났다. 이따금 여행객들에게 다른 메뉴판을 제공하는 식당도 있다고 들어서 직원을 불렀다.

"메뉴판 가격이 좀 이상한 것 같은데요?"

차분하면서도 무게 실린 목소리에 '다 알고 있다. 나 그렇게 호락호락한 사람 아니니 장난치지 말라'는 듯 여유 있는 미소까지 더하며 말했다. 연기가 어설펐던 걸까. 직원은 태연하게 답했다.

"리뷰 날짜를 좀 보세요."

아차, 싶었지만 그래도 2년이 채 안 된 사진이었다.

"작년부터 튀르키예 물가가 터무니없이 올랐어요."

그 상황에서 댈 수 있는 유일한 핑계라는 생각도 있었으나 어렴풋이 라디오에서 레제프 타이이프 에르도안 대통령의 저금리 고집에 대한 뉴스를 들었던 기억이 스쳤다. 뉴스에 따르면 2022년 튀르키예의 소비자물가지수 상승률은 무려 80퍼센트였다. 러시아-우크라이나 전쟁이 세계 경제 전반에 영향을 미치긴 했지만, 지정학적인 피해의 정도가 이렇게까지 차이 날 수 있다니. 이번에도 또 나는 괜한 의심을 했다. 순수한 친절이었다. 물수건으로 이미 손을 닦아 버린 터라 가격 때문에 가게를 나가기가 난처했는데, 실정도 모른 채 의심부터 한 것이 창피스러워 그저 도망가고 싶은 심정이 됐다. 옛날 리뷰 보고 두 그릇 먹으려 했는데 하나만 시켜야겠다는 멋쩍은 농담을 던지며 나는 자연스럽게 양고기 쾨프테 케밥köfte kebab을 주문했다.

토르티야에 둘러싸인 케밥을 생각했는데 전혀 다른 모양의 케밥이 나왔다. 알고 보니 '케밥kebab'은 튀르키예어로 '구운 고기'라는 뜻이었다. 당황하긴 했지만 알지도 못하면서 일단 캐묻고 보는 건 한 번으로 족하기에 진정한 본토식을 만났다는 생각으로 오히려 반가워하기로 했다. '쾨프테köfte'는 한국의 떡갈비처럼 다진 고기를 뭉쳐 만든 요리였고, 새하얀 요거트 소스에 찍어 먹는 게 새로웠다.

어느 정도 가격이 있는 식당이라 그런지 식사 후에 디저트가 나왔다. 튀르키예식 파이의 일종인 바클라바와, 홍차 차이였다. 아담하면서도 모래시계를 닮은 잘록한 유리잔에 진한 붉은빛을 띠는 튀르키예식 홍차 차이는 유네스코 인류무형문화유산에도 등재될 정도로 어딜 가나 만날 수 있는 튀르키예의 일상 중 하나다. 발음은 같지만 우유와 향신료를 가미한 인도의 그것과는 확연히 달랐다. '차이'와 '짜이'의 차이랄까. 처음 마셨을 때는 떨떠름한 맛이 제법 강한데 금방 맛이 들어 튀르키예에 있는 내내 입에 달고 살았다. 입안을 깔끔하게 코팅해 줘서 식사를 마친 기분이 들게 했다. 시큼한 요거트와 짭짤한 고기의 생경한 조합에 튀르키예식 파이와 홍차는 이국적인 맛을 느끼기에 충분한 한 끼였다.

어느새 낯선 곳, 낯선 사람들에게서뿐만 아니라 가까운 사람들에게서도 본심을 의심하고, 의도를 고민하게 되는 각박한 세상이 됐다. 어느 정도의 거리두기가 있어야 덜 상처받는다는 걸 경험으로 학습한 요즘이었다. 그럼에도 불구하고 세상에는 여전히 호의와 선의가 공존하고 있다. 적잖이 혼란스러우면서도 마음 한편이 따뜻한 튀르키예의 첫날이었다.

떠나는 용기

전역과 동시에 복학 대신 여행을 택했다. 2년간 모은 군 적금을 노잣돈으로 탕진하고 나니 오히려 마음이 홀가분했다.

생각해 보면 직장 생활을 일찍 시작한 것도 생각 없는 낭비 덕이었다. '돈을 좇는 게' 아닌 '돈에 대한 필요'가 기회를 만들었다. 만약 20대 때 여행 경비를 아끼고 성실히 모았다면 통장 잔고를 보며 마음이 좀 더 편했을지도 모르겠다. 좋아하는 옷을 잔뜩 사고, 눈치 안 보며 맛있는 거 먹고, 다시 모임에 나가 술을 마시면서 친구들과 어울릴 수도 있었을 것이다. 그런데 만약 그랬다면 지금처럼 내가 사랑하는 일들을 할 수 있었을까. '돈 걱정 말고 하고 싶은 거 하면서 살라'는 말은 꽤나 무책임하다. 지긋했던 돈타령 역시 내 성장의 자양분이었으니까. 떠나지 못하니 여행이 싫었고, 싫어한 덕분에 일탈의 대상이 됐다. 모순된 자신의 모습을 품어 가는 과정에서 스스로의 삶을 사랑하게 된다.

마음껏 여행 다닐 돈과 시간이 있었다면 여행을 업으로 삼을 생각은 하지 않았을 것이다. 떠남을 망설일 때는 가격표만 보였지만, 여정에는 헤아릴 수 없는 가치가 숨어 있었다. 떠나고 싶다고 느끼는 것만으로 이유는 충분했다. 여행길에 쓴 백지수표에 값을 적는 건 미래의 나다. 산티아고 순례길을 마친 뒤 손미나 선배는 "누구나 살아가다 보면 길의 부름을 받고, 그 길은 우리가 원하는 것이 아닌 우리에게 필요한 것을 준다."라고 말했다. 마음의 소리를 믿고 그저 떠나는 거다. 〈여행에미치다〉의 일원이 될 수 있었던 내 유일한 스펙은 전 재산을 탕진해 여행하는 진심이었다. 진심은 계산기를 내려놓을 때 완성된다. 언제 얼마로 돌아올지 모른다. 그저 믿을 뿐. 기대하되, 바라지는 않는다.

그럴싸하게 멋들어져 보이는 말들을 늘어놓고 있지만, 나는 여전히 썩 낭만적이지 않다. 배고픈 관성은 어디 안 간다. 효용의 관점에서 바라보더라도 여행이란 참으로 해볼 만한 베팅이다. 특히 가진 게 모자라 '여행 떠날 군번이 아니라는 생각'에 고민이라면 말이다.

저축은 습관이라지만 나는 원체 P파보다는 S파, 잔잔함보다는 굴곡, 평균보다는 극단을 좋아하는 편이다. 사후 궁핍을 감내하고 '젊은 날의 30만 원'을 불태웠다. 특가 항공권을 좇아 제일 저렴한 숙소에 묵는 기준으로 잡았던 내 2박 3일 평균 해외여행 예산이다. 경비를 마련하기 위해 먹고 싶은 거 참고, 택시 안 타고, 중고 거래 열심히 한 보람은 확실했다.

지금 내 나이 서른, 주변을 둘러보면 골프, 호캉스, 오마카세, 파인 다이닝으로 하루 30만 원, 혹은 그 이상을 우습게 지불하는 이들이 적지 않다. 물론 각자의 소비 기준과 만족은 다를 것이다. 그럼에도 그들이 정말 주체적인 욕구에 따라 선택하는 걸까 물으면, 솔직히 잘 모르겠다. 물론 누군가의 눈에는 나 역시 비슷하겠지. 나 또한 철들려다 만 변절자다.

여행을 동경하는 학생·취준생·사회초년생의 관점에 내 합리화 프로세스는 이러했다. 조금 늦어질지언정 결국 나는 경제 활동을 하게 될 것이다. 그렇다면 지금의 100만 원과 20년 뒤의 100만 원이 내게 똑같은 가치를 지닐까? 인플레이션, 복리의 마법 등을 철저하게 배제하더라도 말이다. 젊어서 아낀 돈은 재테크를 통해 불어날 수도 있지만, 나를 만족시키는 비용 역시 계속해서 비싸지는 건 매한가지다. 그래서 나는 대부분의 자산을 스스로에게 투자하기로 했다. 시드머니가 적고 나이가 어릴수록 경험 투자의 수익률은 높다.

'지금 쓰는 100만 원의 감도는 40대 때 1,000만 원 지출보다 더 큰 만족으로 돌아올 것이다.'

20대 초반, 내가 비행기 티켓을 결제할 때마다 다짐했던 믿음이다.

'당연히 내일이 있을 거라는 착각' 또한 불안의 원인이다. 예기치 못하게 마주한 지인들의 죽음은 '이룬 것과 가진 것'의 무용함만을 남겼다. '지금'의 가치 앞에 모든 계산은 무의미해졌고, 돈과 시간 사이의 매듭 역시 끊어졌다. 어떻게 왔는지 기억나지 않고, 언제 떠날지 알 수 없는 삶이기에 살아서 부지런히 떠나기로 했다. 모든 나무람과 평가마저 떠남 뒤에는 무의미할 일이다.

어릴 때 돈 없이 떠나는 여행도 의미가 있고, 지긋한 나이에 책임을 내려놓고 떠나는 여행도 의미가 있다. 부족한 여건 속에서도 여행을 갈망한다면, 그건 길이 나를 부르는 거라 믿는다. 그렇게 나는 잔고보다 비싼, 감히 값을 매길 수 없는 경험을 택하기로 했다. 건전한 소비관은 못 된다. 내 집 마련도 늦어질 확률이 높다. 허나 삶의 마지막 순간 과거를 돌아본다면, 돈을 더 많이 모으지 못한 것과 떠남을 바라던 때 더 용기 내지 못한 것 중 나는 어느 쪽을 후회할까. 답을 떠올려 보니 망설임이 눈 녹듯 사라졌다.

괜찮아, 괜찮아

대학에 입학하자마자 서울 살이가 시작됐다. 고등학생 시절부터 독립 욕구가 강했다. 어차피 부족한 환경이라면 하루 빨리 사회에 들이받고 싶었다. 경제적 홀로서기는 애초에 선택사항이 아니었다.

일찍이 자취를 시작하며 깨달은 진리가 하나 있다면 싸고 좋은 집은 없다는 것이다. 물질만능주의에 대해 상당한 경계심을 갖고 있는 편이지만, 실용 가치를 평가하는 데 있어서는 돈만큼 정직한 지표가 없는 것도 사실이다. 정해진 가격 범위 안에서 필요한 것과 필요 없는 것을 확실히 구분해야 한다. 위치, 평수, 주변 시설, 치안, 쾌적함 등등. 역과 가까우면서 안전하고 넓은 새집을 저렴한 가격에 입주하기란 거의 불가능에 가깝다. 그런 조건을 발견한다면 기뻐하기보다는 오히려 겉으로 드러나지 않은 문제점들을 더 의심해야 하는 법이다. 그래서 내 최우선 순위는 가격과 평수였다.

조금이라도 저렴한 월세를 찾으려다 보니 언덕에 위치한 구축 빌라를 고집하게 됐다. 오히려 천편일률적인 오피스텔 구조는 좀 답답했다. 오래된 집일수록 구조도 독특하고 분위기가 나름 개성 있기 마련이다. 가구나 인테리어 용품들도 새집에는 새것들을 들여놓아야 할 것 같지만 낡은 집은 꾸미기 나름이다. 저렴한 잡동사니들도 앤티크한 콘셉트로 소화할 수 있는 포용성이 있달까. 여행지에서 공수해 온 잡동사니들, 오리엔탈 패턴의 카펫, 형광등 대신 침침한 노란 조명, 끝으로 인센스 스틱을 살짝 피워 주는 것만으로 웬만한 편집숍 부럽지 않은 분위기를 연출할 수 있다. 월세가 두세 배 비싼 투룸 오피스텔보다 이야깃거리가 많은 나만의 공간인 데다 친구들도 재밌어 하니 굳이 카페나 와인바에 갈 필요 없이 훨씬 저렴하게 무드를 즐길 수 있었다.

지금은 주거비용을 조금이라도 아끼고 싶은 마음에 회사 근처 아파트에서 대학 선배와 같이 지내고 있지만 돌아보면 그때가 그립다. 평수는 늘었는데 집에 대한 애착과 추억이 사라진 느낌이다. 다시 독립을 한다면 새집보다 헌집을 찾아 나설 작정이다. 그래서 훗날 완성할 이 방인의 아지트를 위해 부지런히 여행의 흔적들을 모으고 있다.

● ι ▶

이스탄불에서 가장 큰 장터인 그랜드 바자르를 찾았다. 사실 여행 중에 쇼핑을 그리 즐기는 편은 아닌데 인천 주안 신기촌시장에서 나고 자란 탓인지 어느 나라를 여행하든 활기를 줍고 싶은 마음에 시장에 들르곤 한다.

다양한 짝퉁 상점들이 즐비한 가운데 고풍스러운 핸드메이드 카펫 가게가 눈에 들어왔다. 당시 집 거실에 깔려 있던 카펫도 인도에서 산 것이었지만 석유 냄새가 지독한 양산형 싸구려였다. 정말 좋은 카펫은 어떤 느낌일지 궁금해 홀린 듯 가게 안으로 들어갔다.

입구부터 늘어선 으리으리한 크기의 카펫들은 보기만 해도 비싼 느낌이 물씬 풍겼다. 들어가자마자 직원이 빛보다 약간 느린 속도로 차이 한 잔을 건넸고, 그냥 둘러보러 왔다는 말을 꺼내기도 전에 조수인 듯한 어린 직원이 카펫을 종류별로 바닥에 깔기 시작했다. 구석구석에서 꺼낸 걸 다시 집어넣는 일도 고역일 텐데 상당히 부담스러웠다. 난 당장 살 마음도, 돈도 없는데 말이다. 그때 마침 흰 수염이 지긋한 장인 할아버지가 등장했다. 그는 가게의 역사부터 시작해 일장연설을 늘어놨다. 그렇게 카펫 쇼가 시작된 지 30분 정도 지났을까. 참다못해 어렵게 입을 열었다.

"미안하지만 저는 오늘 카펫을 살 수 없어요."

그러자 그는 이미 알고 있었다는 듯 고개를 끄덕이며 "괜찮아, 괜찮아." 하고 나를 안심시켰다. 이어서 그는 그저 대대로 내려오는 가게의 장인 정신을 설명해 주고 싶었고, 학생이 사기엔 가격이 상당히 비싸니 나중에 돈 많이 벌면 찾아오라며 격려했다. 나를 학생으로 본 모양이었다. 고마우면서도 은근 자존심 상하기도 하고 기분이 묘했다. 하지만 설명에 몰입하는 그의 눈빛에서 순수한 자부심이 느껴졌다. 꼭 성공해서 제일 비싼 카펫을 사러 돌아오겠다며 그와 악수를 나눴다. 가게를 나설 무렵 어린 직원이 다시 카펫을 하나씩 말기 시작했다. 생각해 보니 팁이라도 조금 주고 나올걸 싶어 미안한 마음이 들었다.

여행 중에는 어쩔 수 없이 의심 지수를 잔뜩 높이고 있게 되는데 그 긴장감이 단번에 사그라질 만큼 마음이 따뜻해졌다. 뭐 이 또한 고도의 마케팅 전략 중 하나로 해석할 수 있겠지만 이런 호객 행위라면 환영이다. 그들은 내 선택에 충분한 시간적 여유를 줬고, 동시에 좋은 추억을 선물했다. 그리고 작은 결심도 하게 했다.

'돈 많이 벌면 기필코 그 가게에서 엄청 큰 카펫을 사고 말 테다!'

튀르키예의 기쁨

해가 뜰 즈음에 일어나 제대로 씻지도 않고 방을 나섰다. 조식 준비로 달그락거리는 소리와, 차가운 새벽 공기로 잠을 떨쳤다. 빨지 않은 청바지, 낡은 캔버스화, 가벼운 경량패딩 차림에 카메라 한 대만 목에 걸고 거리를 걸었다. 걷는 사람이 좀처럼 보이지 않아 거리는 적막했다. 개들만 도로 곳곳에 널브러져 있었다. 커다란 덩치에 비해 성격은 제법 순한 듯 슬픈 눈을 하고 바닥에 녹아있는 녀석들을 카메라에 담았다.

여행 중에는 잠을 줄여서라도 밤이나 새벽에 산책하는 걸 좋아한다. 부지런한 현지인들 사이에서 유유자적 이방인의 분위기를 풍기는 맛이 있다. 그렇게 들뜬 마음으로 나왔는데 튀르키예 사람들은 아침을 일찍 시작하는 편은 아닌가 보다. 번화가인 이스탄불에서조차 일찍 문 연 가게를 찾기 어려웠다. 대부분 오전 열 시 전후로 영업을 시작하기 때문에 여덟 시쯤 돼서야 슬슬 하루를 준비한다. 그마저도 분주함이라고는 찾아볼 수 없었다. 덕분에 여행자도 서두를 필요가 없다. 해가 충분히 뜰 때까지 오늘 둘러볼 관광지 주변 구석구석을 사전 답사하듯 걸었다.

드디어 아침 일곱 시, 이제 해가 거의 다 떴다. 그런데 빛이 새어나오는 가게라고는 한 곳뿐이었다. 하릴없이 빛을 따라갔다. 튀르키예 전통 디저트를 파는 제과점이었다. 영어로는 '터키시 딜라이트Turkish delight', 즉 '튀르키예의 기쁨'이라는 뜻으로 불리는 젤리 느낌의 간식 로쿰과, 전날에 이미 먹어 본 바클라바 등을 팔고 있었다.

여행을 준비하며 튀르키예를 디저트 천국이라 소개하는 글을 많이 봤다. 그 때문인지 튀르키예의 중년 남성들은 유난히 배가 볼록했다. 하지만 평소의 나는 간식 배 자리에 밥을 한 숟갈이라도 더 집어넣는 편이라 살짝 맛만 봐야지 하는 마음으로 로쿰을 주문했다. 형형색색의 먹음직스러운 자태, 떡이나 캐러멜같이 쫀득한 식감 사이사이로 다양한 견과류 토핑이 씹는 재미를 더했다. 잘록한 잔에 담긴 뜨끈한 차이까지 곁들이니 궁합이 꽤 좋았다. 달콤하고 고소한 가운데 차이의 쌉싸래한 맛이 입안을 감싸 물리지 않고 계속해서 손이 갔다. 대학 동기 중 한 명이 튀르키예 여행 도중 로쿰에 완전히 매료돼 다니던 회사를 때려치우고 우리나라에 로쿰을 들여오는 사업을 시작했다더니 그 용기의 근원을 알 것도 같았다. 동기 주희는 그렇게 해서 몇 년 사이 잘나가는 브랜드의 대표가 됐다. 누군가에게는 말 그대로 인생을 바꾼 맛인 셈이다.

졸업하고 취업하고 직장 다니는 정도로는 좀처럼 안도하지 못하는 시대다. 평생직장이 아닌 평생직업을 찾으라는데 그마저 AI가 자리를 위협한다. 이런 갈증을 파고들며 다양한 돈벌이 수업들이 쏟아져 나온다. 유튜브 전략부터 수익형 블로그, 스마트 스토어를 비롯해 각양 각색의 부업들이 있다. 나도 회사 복지 포인트로 적잖게 찾아 들었다. 하지만 n잡이 대세라는 것도 옛말이다. 이미 남들이 결과를 이룬 영역에 뒤따라 들어가 자리를 잡는다는 게 쉬운 일이 아니다. 냉혹한 사회에서 먹고사는 문제란 족보대로 출제되지 않는 법이다.

그 와중에 숨 쉴 구멍을 찾아 도피한 여행지에서 뜻밖의 기회를 잡는 사람들이 있다. 스타트업에서 일찍이 커리어를 시작한 주희도 그들 중 하나였다. 주희는 튀르키예 현지에서 거래처를 물색하고 공식적인 수입 절차를 거쳐 순식간에 자신만의 브랜드를 만들었다. 타이틀과 벌이를 떠나 밤낮없이 자신의 일에 몰두하는 주희의 모습에는 언제나 즐거움과 자신감이 넘쳤다. 주희와 딱히 연락을 자주 주고받는 건 아니지만 SNS를 통해 나름의 공감대는 형성하고 있다. 다른 친구들이 스펙 경쟁에 한창일 때 바닥에 구르면서 느꼈던 불안을 '주체성과 낭만'이라는 포장지로 감추며 쌓아 온 전우애랄까.

산책을 마치고 이스탄불의 대표 관광지 아야 소피

아로 향했다. 아야 소피아는 신성 로마 제국의 수도였던 콘스탄티노플의 대성당이 오스만 제국의 모스크가 되기까지 두 종교의 역사를 고스란히 담고 있는 성지다. 2026년 현재는 다시 박물관 형태로 입장 티켓을 구입해야 들어갈 수 있지만 내가 여행하던 당시는 모스크로 개방(2020~2023년)돼 무료로 관람할 수 있었다.

오픈 시간 한 시간 전부터 여행자들이 몰려 부랴부랴 줄을 서고 있는데 한 남자가 다가오더니 은밀하게 속삭였다.

"20달러면 아까운 시간 낭비할 필요 없이 저랑 바로 입장할 수 있어요."

여행을 준비하며 알아봤을 때는 분명 별도의 입장 상품이 없었는데 관리자 유니폼에 신분증까지 패용한 남자는 너무나 떳떳했다. 나라를 대표하는 관광지이자 성스러운 종교 시설 앞에서 권위를 이용해 새치기 장사라니! 기가 찬 나는 그의 제안을 날카롭게 거절했다.

아직 한참이나 남은 줄에 서 있는데 관리자를 따라 부지런히 입구로 들어가는 사람들이 보였다. 기분이 묘했다. 30분 정도 흘러 드디어 입구에 다다랐다. 관리자가 보란 듯이 내 앞으로 네 명의 외국인 관광객을 찔러 넣었다. 손으로 막아 세우며 날 쳐다보는 그의 눈빛은 마치 '봐라 애송아, 이게 자본주의란다.' 하는 것만 같았다. 맞다. 여행지에서는 본래 돈보다 시간이 귀한 법이다. 누가 알아주는 것도 아닌데 괜한 객기를 부렸나 씁쓸해지려는 찰나였다. 뒤에 있던 금발의 한 여성이 관리자의 팔을 잡아당겼다. 관리자 덩치의 절반도 안 되는 작은 체구였다.

"지금 뭐하는 거예요!"

당당하게 쏘아붙이는 그녀의 아우라에 당황한 관리자는 횡설수설 둘러대더니 어디론가 도망치듯 사라졌다. 안타깝게도 이미 새치기가 원만하게 이뤄진 뒤였지만 예상치 못한 그녀의 카리스마는 내게 경종을 울렸다. 비록 새치기의 유혹은 뿌리쳤지만 부조리를 묵인한 방조도 잘못이었다. 아무도 나서지 않으면 그들은 계속해서 부당한 이윤을 취하며 여행 문화를 저해할 것이다. 사실 난 오스만 아저씨의 덩치에 감히 덤빌 생각도 못 했다. 대중의 목소리가 되고 싶어 아나운서가 됐다면서도 용기를 낼 수 없었다. 이 일을 계기로 여행 중에 불의를 만나면 먼저 나서서 한소리 하는 깡이 좀 생겼다. 다시

생각해도 그녀는 정말 멋졌다. 솔선수범으로 가르침을
전해 준 그녀에게 감사하다.

주희의 인스타그램에 올라온 이스탄불의 익숙한 풍
경들 중에는 아야 소피아도 있었다. 가만 보니 새치기에
일침을 날린 금발의 여성과 주희의 모습이 닮았다. 주희도
그런 상황에 놓였다면 똑 부러지게 한소리 했을 것이다.
주희뿐 아니라 여행지에서의 영감을 바탕으로 자기
사업에 뛰어든 지인들이 적지 않다. 발레리노 출신의 크
리에이터, 우동집 사장님 등등 그들은 모두 평온한 상태
에 머물기를 기꺼이 포기했다는 공통분모를 갖고 있다.
어느 정도 갖추고 계산이 떨어져야 가능한 일이라며 미
루기 바쁜 사람들 사이에서 나만의 소신을 밀어붙이는
용기. 물론 잘 다니던 회사를 때려치우는 게 능사는 아
니지만, 돈벌이를 넘어 즐거움과 효용감까지 챙겨야 살
아남는 불만족의 시대다. 현실 또한 체급으로 싸우는 게
아님을 증명하는 그들의 용기에 응원과 존경을 보낸다.

계획 너머의 행복

튀르키예 여행이라고 할 때 가장 먼저 떠오른 건 바위 마을 위로 무수히 많은 열기구들이 떠 있는 모습이었다. 이스탄불보다 카파도키아를 더 기대했던 건 아마도 그 때문이었을 것이다. 사실 카파도키아는 행정구역이 아닌 고대로부터 내려온 역사적 지명이며, 여행자들이 흔히 떠올리는 카파도키아란 네브셰히르주의 괴레메 마을이다.

괴레메 마을에 처음 도착했을 때의 풍경이 아직도 선명하다. 곳곳에서 연기를 뿜는 드럼통 모닥불, 앰프가

음량을 감당 못 하는 탓에 살짝 찢어지는 음악소리, 어깨동무를 한 채 술로 추위를 물리치는 사람들, 가사를 몰라 얼버무리다 후렴부가 되면 마을에 울려 퍼지는 떼창……. 낯선 타지에서 파티를 벌이며 떠나보내는 한 해의 마지막 순간은 마치 행복이라는 단어를 형상화한 것만 같은 장면이었다. 이게 세계적인 여행지의 밤이구나!

괴레메 마을의 백미는 기암괴석 속에 지어진 동굴 숙소다. 과거 로마 제국이 기독교를 탄압하던 시절에 신자들이 숨어 지낸 역사에서 유래한 일종의 다크 투어리즘이지만, 여행객들에게 이색적인 경험을 선사하는 관광 테마로 자리 잡았다. 이 때문에 내가 묵은 동굴 호텔에서는 시설은 낙후됐어도 실제 동굴을 개조해 만든 객실이 좀 더 비쌌다. 조금이나마 경비를 아껴 볼 마음으로 일반 객실을 예약했는데 운 좋게도 동굴 객실이 딱 하나 남았다는 직원의 말에 혹해 추가금을 내고 방을 옮겼다. 호구라서가 아니라 경험을 위한 선택이자 투자였다.

정말 동굴 속에 객실이 있었다! 하지만 이색적인 것도 잠시, 벽에서는 돌가루가 떨어지고 창문도 없는 게 괜히 좀 갑갑하게 느껴졌다. 돈 더 내고 다운그레이드를 한 것만 같은 특별한 기분? 그냥 타임머신 값이라 치기로 했다.

간밤에 새해 카운트다운 파티를 즐기고 늦게 들어 와 몇 시간이나 눈을 붙였을까. 새벽 다섯 시 호텔 앞에 도착한 미니버스를 타고 곧장 벌룬 투어에 나섰다. 벌룬 투어는 카파도키아 여행의 유일한 목표였다. 그냥 타면 되지 무슨 목표일 것까지 있나 싶겠지만 특히 겨울철에 는 날씨 운이 따라 줘야 열기구를 띄울 수 있기 때문에 머무는 동안에 날씨가 좋지 않으면 탈 수 없다. 그래서 20~30만 원에 육박하는 가격임에도 카파도키아에 머무 는 3일 모두 벌룬 투어 예약을 걸어 뒀다. 다행히 취소 정 책이 유연해 실패해도 돈은 돌려받을 수 있었다. 살면서 내가 언제 다시 카파도키아를 오게 될까. 돈을 떠나 내 운명에 대한 시험이었다.

미니버스는 마을 곳곳에 위치한 호텔들을 돌며 예 약 손님들을 가득 태우고는 덜컹거리는 바윗길을 지나 드넓은 벌판으로 향했다. 30퍼센트 정도의 확률이라고 들었는데 운 좋게도 첫날에 바로 비행 허가가 났다. 커다란 벌룬 안으로 열기를 불어넣는 사람들. 그 규모가 상상 이상이라 놀랐다. 화력도 엄청났다. 기구가 불에 안 타는 게 신기할 정도였다.

팽팽하게 부푼 열기구가 조금씩 떠올랐다. 열기구를 힘껏 밀며 "바이, 바이Bye, bye."라고 외치는 콧수염 아저씨를 보는데 왠지 영영 못 볼 사람 같은 말투에 기분이 이상했다. 아침놀과 눈높이를 나란히 하며 하늘로 비상했다. 1분 1초가 다르게 하늘의 색이 변주하는 까닭에 셔터를 놓을 틈이 없었다. 각양각색의 열기구들로 수놓아진 하늘은 핑크빛으로 시작해 주황을 거쳐 푸르게 변해 갔다. 해가 다 떠오르고 나서야 카메라를 내려놓고 두 눈에 절경을 담았다.

예약할 때 어떤 디자인의 열기구를 탈지 따지는 사람들이 있는데 올라와 보면 사실 내 열기구는 그리 중요치 않다. 그보다 시야에 알록달록 예쁜 열기구들이 걸리는 게 중요하다. 비슷한 맥락에서 당일 벌룬 투어 신청자가 너무 적어도 문제다. 쾌적하기야 하겠지만 나만 하늘에 떠 있고 주변이 텅 비면 무슨 재미가 있을까.

문득 사회와 닮았다는 생각이 들었다. 나만 빛나면 마냥 좋을 것 같지만, 주변에 함께하는 좋은 사람들이 없다면 그때의 나는 과연 행복할까. 떠오른 태양에 눈이 부실 무렵이 되자 열기구는 너른 벌판으로 서서히 착륙했다. 마치 내가 아침을 깨우고 육지로 내려오는 기분이었다.

카파도키아에 머무는 내내 매일 열기구가 떠올랐다. 덕분에 다음 날은 전망대, 마지막 날은 숙소 옥상에서 조식을 먹으며 원 없이 그토록 보고 싶었던 풍경을 만끽할 수 있었다. 죽기 전에 꼭 봐야 할 광경을 두고 펼친 운명 테스트는 성공적이었다. 그 기세를 이어 한 해를 야무지게 살아 보리라 다짐했다.

이렇게 일찌감치 벌룬 투어를 성공한 덕에 카파도키아에 온 목적을 달성했고 시간이 남았다. '남았다?' 적고 보니 여행을 마치 과제처럼 여겨 온 것 같단 생각에 씁쓸하다. 언제쯤 계획과 달성의 굴레에서 벗어날 수 있을까. 여행을 좋아한다면서도 나는 진정한 여행자는 못 될 것 같다. 직장인의 자유에는 확실한 울타리가 있다. 짧은 휴가 기간에 어떻게든 많은 걸 이루고자 욕망하는 게 직장인 여행자로서의 장점이자 한계다.

다음 날 괴레메 마을을 둘러보는 데 딱 30분 걸렸다. 그만큼 작은 동네였다. 이제 뭘 하지 하고 심심해하던 차에 버스 정류장으로 튀르키예의 마을버스인 돌무쉬 한 대가 들어오는 게 보였다. 행선지를 확인하니 젤베 야외 박물관으로 가는 버스였다. 카파도키아를 찾은 관광객이라면 한번쯤 들르는 관광지라 얼른 버스에 올라탔다. 작은 버스가 비포장도로를 힘껏 내달렸다. 그렇게 자리에 앉아 버스 노선을 가만히 보는데 갑자기 변덕이 들었다. 젤베를 그냥 지나치고 버스의 종점인 아바노스에 가기로 했다. 왜였을까? 그냥 이름이 마음에 들었다. 지금까지 예정했던 대로 다녔으니 예정에 없던 곳을 한번쯤 가 보는 것도 괜찮지 않을까? 일탈하는 기분, 썩 나쁘지 않았다. 세계 일주를 떠나면 반드시 계획표를 찢어 버리는 순간이 온다고 하던데 계획을 못 지켜서가 아니라 지키고 싶지 않아서일지도 모르겠다.

그때까지도 〈여행에미치다〉에 있던 시절의 출장 습

관이 아직 몸에 남아 있었다. 그 당시 해외 촬영 때는 사전 답사를 다녀올 만큼 예산이 넉넉하지 않았기 때문에 출장지와 관련된 사진이며 영상을 인터넷에서 있는 대로 찾아보고 출발할 수밖에 없었다. 그렇게 현장에 도착하면 처음 온 곳이지만 이미 와 본 적 있는 듯한 익숙함이 들 정도였다. 덕분에 비용과 시간을 절약해 최적의 동선으로 다녔어도 그건 그저 관광에 그칠 뿐 결코 모험이 될 순 없었다.

아바노스는 이번 여행의 첫 일탈이었다. 도착해 보니 게임 속에 나올 것 같은 소박하고도 평화로운 마을이었고, 배경 지식 없이 온 탓에 모든 게 낯설었지만 새로워서 좋았다. 발길 닿는 대로 도시 구석구석을 걸으며 만나는 사람들에게 이것저것 물었다. 유난히 그릇 가게가 많아 찾아보니 '도자기 마을'이라 불릴 만큼 도자기 공예로 유명한 곳이었다. 그냥 유명한 것이 아니라 그 역사가 무려 4,000년 전인 고대 히타이트 왕국 시대, 더 길게는 7,000년 전부터로 볼 수 있다는 데 놀랐다.

상점들을 구경하던 중 우연히 한 공방에 들어갔다. 열 살 남짓한 학생이 백발의 할아버지께 도예를 배우고 있었다. 아이의 이름은 이삭. 이삭은 박스에서 잘라 낸 종이 위에 매직으로 '세라믹 체험 100리라'라고 적은 간이 팻말을 가리키며 내게 말을 걸었다.

"해 볼래요?"

그렇게 나는 한화로 약 6,000원(당시 튀르키예의 환율은 지금의 두 배였다)에 물레질을 배웠다. 할아버지께서 이삭에게 알려 주면, 이삭이 내게 설명했다. 이삭에게 배우는 것인지, 할아버지께 배우는 것인지 헷갈릴 정도였다. 동시에 펼쳐지는 두 개의 수업. 뱅글뱅글 돌아가는 붉은 흙 반죽이 점차 컵의 형태를 띠기 시작했다. 오래 머물 예정이면 가마에 구워 주겠다고 했지만 아쉽게도 다음 날 카파도키아를 떠나야 해서 그냥 이대로 가져가겠다고 했더니 이삭은 컵을 과자 상자에 정성껏 담아 줬다. 할아버지께 100리라를 건네자 그는 이삭에게 고스란히 주고는 이삭의 머리를 쓰다듬었다. 쑥스러워하며 좋아하는 이삭과 흐뭇해하는 그의 표정이 참 보기 좋았다. 벌룬 투어에 성공했던 첫날 못지않은 행복감이 밀려왔다. 미처 계획을 세우지 못한 탓에, 아니 그 덕분에 값진 추억 하나를 얻었다.

아쉽게도 그 컵 반죽은 다음 여행지로 이동하던 중에 찌그러지는 바람에 자연으로 돌려보냈다. 그럴 줄 알았으면 내 이름을 새겨서 공방에 맡기고 오는 건데…….

● ｜ ▶

한때는 기억만이 살아 있음을 느끼는 방법이라 생각했다. 그런데 외할아버지를 치매로 떠나보낸 뒤로는 그마저 의심하게 됐다. 누군가 내 기억 속엔 없는 내 이야기를 꺼낼 때면 용맹한 퇴역 장교에서 겁 많은 노인으로 변해 가던 외할아버지의 모습이 뇌리를 스치며 종종 실존적 공포에 휩싸였다. 이따금씩 어제의 내가 오늘의 나와 동일 인물일까 의심했다. 지난날의 증거 없이는 알 길이 없다고 생각했고, 남길 게 없는 날은 그저 사라지는 날 같았다. 시간이 흐른 만큼 무언가 쌓이는 걸 내 눈으로 봐야 직성이 풀렸다. 그래서 나는 머리보다 기록을 믿기로 했고, 모든 걸 기록하고 싶었다.

게임을 해도 플레이한 시간만큼 레벨이나 게임머니가 쌓이는 RPG 장르만 골라서 했다. 암기식 내신 시험은

잠을 줄이고 책상 앞에 오래 앉아 있으니 성적이 올랐다. 꾸준히 무언가 쌓으면 삶이 조금씩 개선된다는 걸 체감했다. 성적이 올랐고, 대학에 갔고, 직업을 가졌고, 집이 커졌다. 이제 서른을 넘긴 내 삶은 티끌 모아 태산의 연속이다. 아, 아직 태산은 아니고 언덕 정도. 나아진다는 믿음이 생기니 뭐라도 계속 해 나갈 수 있었다.

그 실행 동력은 다분히 '계획'이었다. 사회초년생 때까지는 시간이 늘 투자량에 비례한 보상을 안겨 줬다. 그렇게 살아오며 세운 계획들은 대체로 이뤘다. 거기에 '의아함은 그들의 몫, 나는 나다운 걸 하자'라는 나의 첫 슬로건이 시작의 두려움까지 깨부숴 줬다. 그렇게 20대 때는 앞만 보고 달렸다.

물론 후회는 없다. 다만 지금의 나를 빚어 준 그 성취들이 복인 동시에 비극이라는 생각이 든다. 설익은 달성 경험들은 자기 확신으로 굳어졌고, 만족에 이르기 위한 나의 기댓값은 점점 높아졌다. 계획에 대한 집착은 실패할 경우의 상실감을 키우기도 하지만, 이뤄도 문제다. 잘돼 봐야 계획한 만큼의 결과가 최댓값이라는 한계가 있다.

'빨리 가려면 혼자 가고 멀리 가려면 함께 가라'는 말이 유난히 와 닿는 30대의 출발점에서 '내가 이룬 것'이라는 확신에 금이 가기 시작했다. 그간 내 계획 밖에서 작용했던 '운'이라는 수많은 요인들을 간과하고 있었다. 계획이란 대박을 터뜨리기보다 쪽박을 면하기 위한 방향으로 접근할 때 훨씬 오차가 적다. 요즘 사람들이 속되게 말하는 '떡상'이란 우연한 만남, 뜻밖의 영감, 예기치 못한 사고를 비롯한 세상의 수많은 상호작용으로부터 탄생하는 법이다. 혼자 모든 걸 통제할 수 있다는 생각만으로는 그 험난한 과정을 버텨 내기가 결코 쉽지 않을 것이다. 더군다나 아나운서로서, 작가로서의 성장이란 홀로 만들어 갈 수 있는 게 아니다. 나 혼자 백날 노력한들 듣는 이들의 마음이 동하지 않으면 어떻게 좋은 전달자가 될 수 있겠는가. 그래서 나는 빽빽한 계획 대신 흐름에 맡겨 보기로 했다.

플래너를 덮고 계획과 멀어지기를 선언한다. 매일 쓰던 일기장도 날짜가 공란으로 된 것으로 바꾼다. 특별한 이벤트가 없는 날을 발견하면 새로운 일정으로 채우기 급급했던 나를 지우고, 빈칸을 있는 그대로 둔다.

삶의 이상향이 바뀐 건 아니다. 다만 계획으로만 될 일이 아니라는 걸 알게 됐을 뿐이다. 이를 받아들이기까지 일말의 낙담이 없었다면 거짓말이다. 하지만 포기는 아니다. 이정표를 따르지 않기로 했을 뿐. 그저 살아가며 계속 나아갈 것이다. 탄탄대로가 아니라 방황하면서. 나의 이런 포부를 들은 친구들이 정영한은 여전히 더 큰 성취를 위해 무계획을 계획하고 있을 뿐이라며 고개를 저을지라도.

카파도키아의 첫 밤에 들떠, 다음 밤도 기대할 수밖에 없었다.

12월 31일에 이은 1월 1일의 밤.

광장에 사람이 없다.

휑휑. 바람소리에 낙엽만 뒹군다.

마치 지난밤이 한겨울밤의 꿈처럼 느껴진다.

장소는 환상이다. 우리는 가만 보면 참 쉽게 속는다.
함께 있었던 사람. 당시 나의 심리적 상태, 그날의 특수성이
모두 함께 어우러져 좋은 기억을 남기는 법이거늘.
그 수많은 공을 우리는 전부 공간에 일임하는 경향이 있다.
타인의 인생 여행지를 소개받아 그대로 따라 하는 여행이 위험한 이유다.

나는 나만의 인생 여행지를 찾아 의미 부여하는 타입이다.

각자의 여행은 독립변수이므로 타인의 감상에 함부로 기대지 않는다.

모두의 공간이 아닌 나만의 순간에 몰입하는 여행을 추구한다.

리뷰가 아닌 직관을 따르니 내 일상이, 내 여행이 훨씬 알록달록해지기 시작했다.

방심은 금물

튀르키예로 첫 휴가를 떠나며 계획했던 지역은 이스탄
불-카파도키아-안탈리아-파묵칼레 네 곳이었다. 여행
에서 지역을 옮길 때도 나만의 근거가 있다. 세 번째 지
역 안탈리아에 도착할 즈음엔 여정이 3분의 1 정도밖에
남지 않는다. 이때는 시간이 세 배는 빠르게 흐르는 것
처럼 느껴지면서 여행을 마치고 돌아갔을 때의 걱정도
슬슬 올라온다. 그렇게 미리 찾아올 여행 우울감을 최
대한 늦추기 위해 일부러 휴양지인 안탈리아를 뒤에 배
치했다.

튀르키예 남부, 지중해 연안에 위치한 안탈리아는 튀르키예 사람들에게는 물론 주변 유럽 사람들에게까지 소문난 휴양지다. 안탈리아 공항을 나서자마자 따뜻한 공기에 온몸이 나른해졌다. 카파도키아에서는 패딩 두 겹에 목도리까지 꽁꽁 싸매고 있었는데 비행기로 한 시간 이동하는 사이 계절이 달라졌다. 안탈리아는 반팔도 거뜬할 정도로 여름 날씨였다.

아바노스에서 깨달은 '발길 가는 대로' 하는 여행의 묘미를 좀 더 누려 볼 작정으로 안탈리아 일정은 계획을 최소화했다. 꼭 찍고 싶은 것도, 배경지식으로 공부해 둔 것도 딱히 없다. 시가지에 도착하자마자 가장 먼저 눈길을 끈 것은 튀르키예 아이스크림 돈두르마 수레였다. 그러고 보니 일주일 가까이 튀르키예에 머물면서 그 유명한 튀르키예 아이스크림 한번 못 먹었다. 잡힐 듯 말 듯 하며 내 손을 빠져나가는 아이스크림의 향연. 역시 본토의 스킬이 조금 더 현란했다. 그렇게 기분 좋게 아이스크림 청년에게 놀아났다. 그는 내 카메라를 보더니 비디오로도 남기라며 적극적으로 흥을 돋웠다. 역시 날씨 좋은 곳에서 장사를 하니 성격도 유쾌해지는 모양이었다. 한국의 1등 수비수 김민재 선수가 안탈리아에서 꽤나 유명한지 한국에서 왔다고 하니 김민재 선수 이야기를 하며 서비스로 딸기 맛 아이스크림을 한 스쿱 더 올려 줬다. 쫀득한 아이스크림을 맛보며 축구 이야기를 주고받다가 계산을 부탁했다. 아이스크림 청년은 웃으며 말했다.

"250리라 주면 돼요."

나는 웃음이 나와 다시 물었다.

"하하하, 얼마라고요?"

"250리라!"

"장난하지 말고, 하하."

아뿔싸! 그의 표정을 보니 내가 놀아난 건 아이스크림만이 아니었다. 250리라면 당시 환율로 한화 약 1만 5,000원. '유럽에서 고급 젤라또가 그 정도 할 수 있지 않나?' 싶겠지만 물가에 있어서만큼은 튀르키예와 다른 유럽 국가들 사이에 편차가 크다. 튀르키예 현지 돈두르마의 평균 가격은 한 스쿱에 5~7리라, 비싸 봐야 10리라 정도인 것을 생각하면 그냥 넘어갈 수준의 값은 아니었다. 세 스쿱짜리임을 감안하더라도 두세 배도 아니고 무려 열 배라니. 나는 침착하게 웃으며 설득을 시도했다.

"장난 그만해. 아무리 관광지여도 물가를 뻔히 아는데 이러는 건 좋지 않아."

그렇게 타일렀건만 돌아온 건 아이스크림 청년의 냉철한 한마디였다.

"장난? 이봐 친구, 나는 내 일을 하는 중이야. 그리고 먼저 아이스크림을 달라고 한 건 너잖아."

틀린 말이 하나도 없어서 말문이 막혔다. 그의 손가락이 향한 곳으로 시선을 옮겼을 때 아이스크림 수레 구석에 적힌 '3Favors=250TL(세 가지 맛=250리라)' 글자는 나를 더 작아지게 했다.

가격은 애초에 적혀 있었다. 뒤늦게 인터넷에서 찾아보니 이스탄불과 카파도키아를 여행하며 먹었던 돈두르마 시세에 익숙해진 나머지 안탈리아에서도 방심하고 주문했다가 낭패를 본 여행자들이 적지 않았다. 못 내겠다고 버티기에는 이미 퍼포먼스 과정에서 내 입에 아이스크림이 묻어 버렸다. 덕분에 많이 배운다는 덕담과 함께 눈물의 250리라를 지불했다.

"고마워, 안탈리아에서 즐거운 시간 보내!"

정녕 1분 전까지 말씨름을 하던 사람의 말투인가 의

아할 정도의 상냥한 인사가 돌아왔다. 맥락으로 보면 한 방 먹이는 듯한 조롱의 멘트인 것도 같았지만 그 뉘앙스에 진심이 느껴져 오묘한 기분이 들었다. 그렇게 어디 가서 사기당했다고 말하기도 모호한 해프닝은 종료됐다. 그래도 아이스크림 맛은 좋았다.

아이스크림을 먹으며 올드타운을 걷고 있는데 한 할아버지께서 활짝 웃으면서 다가왔다. 그는 한국을 사랑한다며 특별히 사진 찍기 좋은 곳을 소개해 주겠다고 앞장섰다. 나는 감사를 표하고 그를 따라갔다.

거리를 금빛으로 물들이는 오후 네 시의 햇빛 아래, 해안선을 따라 솟아오른 거대한 석회암 절벽이 위태로우면서도 우아한 자태를 뽐내며 병풍처럼 항구를 감싸고, 정박한 범선들 사이로 청록 빛 파도가 일렁였다. 20분쯤 걸었을까. 노인을 따라 도착한 곳은 좀 전에 아이스크림을 사먹은 광장이었다.

이게 끝인가 싶어 그를 봤는데 인상 좋게 웃던 그가 갑자기 돈을 요구했다. 당연하다는 듯한 그의 태도만 보면 마치 내가 가이드라도 요청한 걸로 오해할 만한 정도였다. 현금이 없다고 둘러대다가 마음을 고쳐먹고 할아버지의 수고를 생각해 10리라짜리 지폐 세 장, 즉 30리라(한화 약 2,000원)를 건넸다. 그런데 지폐를 받은 할아버지의 표정에 언짢음이 가득 차더니 이거로는 밥 한 끼도 못 사먹는다며 으름장을 놓았다. 하긴 아이스크림도 250리라에 사먹었는데 내가 너무 야박했나 싶기도 하고, 할아버지와 말씨름해 봐야 내 마음만 불편해질 듯해 50리라를 더 드렸다. 한 끼 식사로 충분한 돈이었다. 생각해 보니 아이스크림을 들고 다니는 자체가 '저는 국제 호구입니다.' 하는 신호였던 게 아닐까 싶었다. "이게 제가 드릴 수 있는 최대입니다." 했더니 돈을 채 가고는 귀찮으니 빨리 가라는 듯 손을 흔들었다. 감사 표시는 고사하고 돈을 뜯기고도 좀팽이 취급을 당한 듯한 기분이라 영 찝찝했다. 힐링하러 온 안탈리아인데 여행을 제대로 시작해 보기도 전에 스트레스만 잔뜩 쌓였다. 하지만 이미 벌어진 일 어쩌겠나. 기분 나빠해 봐야 나만 손해지. 이 또한 '생각한 대로 경험할 수 없다'는 여행의 가르침 아닐까, 의미 부여하며 마음을 추슬렀다.

이스탄불에서 여러 번 사람들의 호의를 의심하고 또 미안해했던 마음들이 스쳐 지나갔다. 믿어야 할까, 의심해야 할까. 양자택일의 문제는 아닐 것이다. 여행 중에도 일상에서도 늘 좋은 사람들만 만나고, 좋은 경험들만 할 수는 없다. 누군가의 선의를 그 나라의 성격으로 일반화할 수 없듯, 악의도 마찬가지다.

마음을 고쳐먹자 비로소 안탈리아 올드타운의 뷰와 반짝이는 바다가 눈에 들어왔다. 그리고 미디예 돌마의 맛은 정말이지 흠잡을 데 없었다. 탱탱한 홍합에 밑간을 한 볶음밥 한 숟가락이 담긴 미디예 돌마는 거리에서 쉽게 볼 수 있는 튀르키예의 간식이다. 맛도 맛이지만 가판대도 없이 선 채로 장사하는 청년들이 홍합을 직접 하나씩 까 주는 친절함에 마음이 녹았다. 우리 돈으로 개당 300원 정도인 데다 레몬을 살짝 뿌려 달라고 하면 열 개, 스무 개도 거뜬히 먹을 수 있을 것만 같았다. 그렇게 대식가 모드로 전환해 카라알리올루 공원을 산책하는 동안 미디예 돌마를 파는 청년 둘을 퇴근시켰다. 연거푸 "원 모어One more!"를 외치면서 끝없이 홍합을 집어삼키는 나를 보고 적잖이 당황한 청년들의 눈빛과 짭조름한 감칠맛이 앞서 받은 상처를 달래 줬다.

모처럼 휴양지에 온 김에 프라이빗 해변, 뷔페, 술, 클럽을 포함해 모든 게 무제한인 '올 인클루시브' 리조트에서 하루 묵기로 했다. 호캉스에 경계심이 많은 내게도 제법 합리적인 가격이라 큰맘 먹었다. 어떻게든 지불한 만큼 누리겠다는 생각에 온종일 수영을 했다. 저녁 식사로 뷔페에서 배를 가득 채우고 와인까지 원 없이 마셨다. 그런데 욕심이 과했던 모양인지 저녁 여덟 시밖에 안 됐는데 갑자기 졸음이 몰려왔다. 심야 클럽 파티까지 즐겨야 하는데 여기서 이렇게 무너질 수는 없었다. 딱 두 시간이다! 두 시간 뒤로 알람을 맞추고 편히 눈을 붙였다.

그리고 눈을 떴을 때, 나는 절규했다. 창밖 어스름한 바다 위로 붉은 태양이 떠오르고 있었기 때문이었다. 아, 내 파티! 내 무한리필 칵테일! 나를 기다리고 있는 건 이제 체크아웃뿐이었다. 역시 나 호강할 팔자는 못 되는 것인가.

여행을 가능케 하는 것

첫 휴가의 마지막 행선지는 에메랄드 빛 자연의 신비를
품은 파묵칼레였다. 이곳 역시 카파도키아와 마찬가지
로 오직 사진 한 장만 보고 목적지에 넣은 곳이었다. 안
탈리아에서 파묵칼레까지는 데니즐리행 고속버스를 타
고 세 시간을 달린 다음, 데니즐리에서 돌무쉬로 갈아
타 30분가량 더 이동해야 했다.

　기차나 비행기와 달리 버스를 탈 때면 괜히 신기한
마음이 든다. 특히 이곳처럼 황량한 도로 위, 정류소 표
지판 하나 덩그러니 놓여 있는 곳에 매일 정해진 시간마

다 버스가 온다는 게 재미있다. 다만 정류장에 나 외에 아무도 서 있지 않을 때는 버스가 정말 오기는 하는 건가 하는 불안감이 극대화된다. 스케줄에 맞춰 살아버릇한 탓에 시간 강박이 심해진 걸까. 버스 도착 알림 시스템이 잘 마련돼 있는 우리나라에서도 웬만하면 지하철을 이용하는 게 마음 편하다.

다행히 기다리던 버스가 도착했다. 버스가 안 와 일정이 뒤엉키는 상상을 하며 초조해하던 나와 달리 버스 기사와 승객들의 표정은 무심할 정도로 평온했다. 아무래도 그들에겐 반복되는 일상일 테다.

드디어 도착한 파묵칼레는 생각보다 훨씬 더 작았고, 비수기라 그런지 중심지마저 대부분의 가게들이 문을 닫았다. 당일치기로 돌아보고 바로 공항으로 가야 하는 일정인데, 공항 가는 차편이 사라졌다 해도 이상할 게 없을 정도의 황량함에 걱정이 도졌다. 우선 차편부터 확인해야 마음 편히 여행을 할 수 있을 것 같았다.

불 꺼진 관광안내소에 직원 한 명이 있었다. 불길한 예감은 늘 적중하는 법. 그는 오늘은 데니즐리 공항으로 가는 셔틀버스가 없다고 했다. 대신 그룹을 만들어 미니

버스를 예약하는 방법이 있단다. 당장 오늘 저녁에 이스탄불로 돌아가는 비행기 티켓을 끊어 두었고, 당일치기 여행이라 시간도 부족한데 어느 세월에 발품을 팔아 함께 버스를 탈 관광객들을 찾는단 말인가. 망연자실해하는 내 표정이 안쓰러웠는지 안내소 직원은 자기가 데려다주는 방법도 있다고 제안했다. 이미 비행시간까지 말해 버린 터라 내게 다른 선택지가 없다는 걸 안 그는 무려 50달러(한화 약 7만 원)를 불렀다. 오는 길에 탔던 돌무쉬가 우리 돈으로 1,000원 정도였던 데 비하면 터무니없이 비싼 가격이었다.

휘둘리지 말자. 생각할 시간이 필요했다. 우선 버스가 정말 없는지 어떤지는 그를 믿는 방법밖에 없었다. 물론 인터넷에 저녁 버스 시간표를 비롯한 여러 여행 후기가 있긴 하지만, 만약 정말 버스가 안 오면 어쩌겠는가. 외딴 시골이라 택시를 부르는 것도 쉽지 않을 것 같은 상황이었다. 안내소 옆에 사설 버스 업체가 있기에 가서 물었더니 버스 회사 직원 역시 오늘 공항 셔틀버스가 없단다. 일단 안내소 직원의 말은 거짓이 아니었다고 안심하려는데 버스 회사 직원이 사설 미니버스 대여를 제안했다. 가격은 인당 30달러(한화 약 4만 원). 문득 둘 다 장삿속으로 버스가 없다고 하는 게 아닌가 하는 의심이 들었다. 그렇다고 해도 당장은 어쩔 수 없으니 승부를 걸어봐야겠다고 생각하며 다시 처음 방문했던 관광 안내소로 갔다.

"옆 버스 업체는 20달러에 미니버스를 제안하던데, 당신 차로 25달러에 갈 수 있을까요?"

바로 옆 가게라 자칫하면 내가 10달러나 깎아 말한 게 들통 나기 십상이었지만 모 아니면 도다! 그런데 웬일. 어차피 본인도 데니즐리 공항 부근으로 퇴근해야 한다며 자기 차를 이용하면 짐도 맡아 주고, 관광지까지도 데려다주겠다는 혜택을 얻었다. 처음 제안 받은 가격에서 반으로 후려친 셈이지만 어쨌든 서로가 만족하는 방향으로 협상이 타결됐다.

파묵칼레라는 지명은 본래 '목화의 성'이라는 뜻이다. 파묵칼레 국립공원에 들어서서 눈도 아닌 하얀 절벽 마디마디에 고인 에메랄드 빛 물이 자아내는 환상적인 분위기를 확인하고 나니 그 이름의 의미가 온전히 이해됐다. 하얀 계단식 테라스에 물이 고여 만들어진 이 샘은 탄산칼슘이 함유된 온천류다. 물에 포함돼 있던 석회 성분이 지표면에 퇴적돼 부드러운 회백색을 띠는 원리로, 현대 지구에서는 좀처럼 일어나지 않는 진귀한 화학적 퇴적 사례다. 날씨나 온천수 유무에 따라서는 자칫 눈 덮인 언덕 같은 심심한 느낌이 드는 경우도 있는데, 내가 갔을 땐 화창한 날씨 덕에 찬란한 반영을 만끽할 수 있었다. 유네스코 세계유산으로 지정돼 철저하게 관리되고 있기 때문에 테라스에 들어갈 때는 신발을 벗고 맨발로 다녀야 한다. 겉으로는 마치 얼음을 밟는 것처럼 보이기도 하지만 온천수라 발이 뜨겁다. 내 감각이 속고 있는 건지, 아니면 다른 행성에 온 건지 기묘했다.

테라스에서 나와 히에라폴리스로 향했다. 튀르키예에 워낙 고대 유적들이 많아서인지 3,000년도 더 된 건물들의 잔해가 바리케이드조차 없이 그저 널브러져 있는 걸 보며 이래도 되나 싶었다. 히에라폴리스의 원형극장에서 내려다보는 전망도 좋았지만, 예수의 열두 제자 중 하나인 성 필리포스(빌립보)의 무덤을 볼 수 있는 것도 특별한 경험이었다.

히에라폴리스까지 다 돌아보고 약속 시간에 맞춰 주차장으로 왔는데 차가 보이지 않았다. 안내소 직원에게 전화를 걸었다. 받지 않았다. 순간 많은 생각들이 몰려왔다. 50퍼센트나 가격을 깎았는데 흔쾌히 받아 주고, 거기에 서비스까지 얹어 준 게 뒤늦게 수상했다. 노트북과 카메라들을 가방에 넣는 모습을 보이지 말았어야 했는데……. 여행은 원래 거지꼴로 해야 안전하다는 선배들의 조언도 뇌리를 스쳤다. 돌아가는 비행기는 어쩌며, 캐리어는 또 어떡하지. 이대로 국제 미아가 될지도 몰랐다.

그렇게 10분 정도 지났을까. 자갈 긁는 소리를 내며 낡은 피아트 승용차가 모습을 드러냈다. 놀란 마음을 쓸어내렸다. 왜 연락도 없이 늦었냐고 화를 낼까 싶기도 했지만 무표정하게 다가오는 그의 모습이 그 순간만큼은 백마 탄 왕자님 같아 마음이 녹아내렸다. 그렇게 아무 말도 하지 못하고 속으로 이렇게 생각만 했다.

'약속 지켜 주셔서 감사합니다.'

요란한 엔진 소리와 함께 덜그럭거리는 총 주행 거리 25만 킬로미터의 피아트를 타고 공항으로 가는 동안 차 안에 흐르는 적막이 어색해 그에게 먼저 말을 붙였다.

"그런데 진짜 저녁 셔틀버스가 없어요? 인터넷에서 있다던데……."

그가 이런저런 이유를 설명해 줬지만 온전히 알아들을 수는 없었다. 얼추 관광 시즌이 아니어서 시간표가 다르다는 것 같았다. 다만 그의 이 말이 마음에 꽂혔다.

"내가 여기서 10년 넘게 일하고 있는데 거짓말할 이유가 없죠. 비즈니스에서는 신뢰가 가장 중요하잖아요."

괜히 고맙고 미안한 마음이 들었다. 의심한 것에 대해 사과하면서, 실은 옆집에서 제시한 버스 값이 20달러가 아닌 30달러였다는 것까지 고백해 버리고 말았다. 그러자 그는 웃으며 답했다.

"괜찮아, 친구. 그게 거래죠. 당신은 똑똑한 비즈니스맨이에요."

차창 밖으로 지는 해를 바라보며 튀르키예에서의 첫 휴가를 마무리했다. 열어 놓은 차창으로 거칠게 들어오는 바람에 머리카락을 날리다 문득 든 생각은 인류 문명의 위대함과 자연의 신비였다. 시간으로는 무려 2,000~3,000년, 거리로는 8,000킬로미터를 거슬러 예수의 열두 제자 중 하나가 잠들어 있는 성지까지 볼 수 있는 시대라는 게 새삼 신기하고 감사했다. 이 모든 걸 가능하게 하는 데 있어서 돈과 기술은 그저 장치일 뿐, 그 전제에는 믿음이 있다. 안내소 직원이 나를 공항에 데려다줄 거라는 믿음, 내가 돈을 주고 사 마시는 물과 음식이 안전하다는 믿음……. 다시 내 일상으로 돌아가서도 마찬가지다. 내가 일한 만큼 돈을 받을 거라는 믿음, 은행 계좌에 적힌 금액의 돈을 필요할 때 언제든 꺼낼 수 있을 거라는 믿음……. 함부로 믿으면 바보 된다며 눈살 찌푸리는 세상이라, 법과 도덕에 당연스레 의지한 나머지 크고 작은 믿음들에는 소홀해지고 있는 것 아닐까.

여행지에서 랜드마크 주변을 산책할 때마다 드는 생각이 있다.
내가 과거에 태어났다면
이런 곳을 맘 편히 다닐 수 있었을까?
한 손에 커피 들고 휘파람을 불며
이토록 여유롭게 이 길을 걸을 수 있는 건
어쩌면 뒤늦게 태어난 이들이 누리는 특권이 아닐까.

준비되지 않은 휴가자

"그렇게까지 가면 뭐해?"

　퇴근 후 공항철도로 향하는 길이었다. 후쿠오카에서 아침 비행기로 돌아와 출근할 거란 이야기에 경악하며 선배가 물었다. 사실 별거 없다. 미술관 전시 보거나 오호리 공원 스타벅스 야외석에 앉아 사람 구경이나 좀 하겠지. 여유가 있으면 한두 시간 책을 읽거나 글을 쓰다가 커피가 녹을 무렵에는 자전거를 타고 모모치 해변에 갈 것이다.

　후쿠오카는 제주보다 먼저 도착할 수 있는 해외여행

지다. 내 여권에 가장 많은 지면을 차지한 것 역시 후쿠오카 입국 스티커다. 비행시간 평균 한 시간 반, 빠를 땐 한 시간 만에도 도착한다. 회사가 상암에 있다 보니 디지털미디어시티 역에서 공항철도를 타면 인천 공항까지는 지하철로 한 시간, 차로는 30분대로 도착한다. 그래서 일정 없는 주말에 비행기 티켓 값만 괜찮으면 습관처럼 후쿠오카로 떠나 버릇했더니 이제 우리 동네처럼 편안하다.

1~2박 정도의 짧은 일정인 경우 별도의 수하물도 필요 없고, 모바일 체크인에 스마트패스까지 해 두면 출발 한 시간 전까지만 공항에 도착해도 충분하다. 심지어 후쿠오카는 공항이 도심에 위치해 있어 시내까지 지하철로 두 정거장이니 회사에서 나와 하카타 역까지 넉넉잡아 네 시간? 아, 이 정도면 웬만한 국내 여행지보다 빨리 도착하는 수준이다.

● | ▶

출퇴근만 반복하는 평일에도 늘 떠나기 위한 다짐을 쌓는다. 그리고 그 다짐들은 불시에 현실로 이어진다.

인사팀으로부터 연차 사용 촉진 메일을 받았다. 떠나고 싶다면서도 현생에 대한 욕심으로 좀처럼 휴가 쓸 생각을 못했다. 물론 반가운 소식이지만, 직장인은 휴가 하나하나에 신중해질 수밖에 없기 때문에 그만큼의 초조함이 뒤따랐다. 내가 그토록 노래를 부르던 2군 여행지를 가기에는 준비 시간이 턱없이 부족한 데다 하필 성수기 휴가 시즌이라 과열된 가격 역시 망설임에 무게를 더했다. 웬만하면 내가 비수기에 휴가를 쓰는 까닭이기도 하다. 그렇다고 가만히 있을 수는 없는 노릇이었다. 휴가를 선고받고도 만끽하지 못하는 내 모습이 싫어서 일단 후쿠오카로 떠났다. 이유는 간단하다. 익숙해서 따로 준비할 필요도 없고, 항공권이 가장 저렴했으니까.

도착하자마자 라멘 한 그릇을 먹고 기억의 관성이 이끄는 대로 오호리 공원 스타벅스로 향했다. 러너들을 구경하다가 구글맵을 켜고 새로 가볼 만한 장소를 물색해 봤지만 거기서 거기다. 하루이틀 여정이면 어딜 가나 짜릿하지만 열흘간의 후쿠오카는 넓어진 선택지만큼 도파민은 줄었다. 선택을 어렵게 만드는 건 역설적이게도 웃자란 자유가 아닐까 하고 배부른 한탄을 하다 보니 하이불이나 들이켜야겠다는 생각이 들어 하카타 역으로 향했다. 지하철 개찰구를 나오던 중 문득 신칸센 표시에 시선이 꽂혔다. 안 그래도 종종 기차를 타고 후쿠오카로 여행 온 일본인들을 보곤 했는데…… . 기차 여행 어떨까?

일본의 교통비는 기차, 택시 할 것 없이 악명 높다. 실제로 신칸센 티켓 가격이 KTX의 두세 배라, 후쿠오카 하카타 역에서 도쿄 역까지 편도 티켓이 2~3만 엔(한화 약 18~28만 원)으로 비수기에 인천 가는 비행기 티켓이 더 저렴한 수준이다. 그러나 휴가철엔 상황이 다르다. 항공권 가격은 천정부지로 치솟은 반면 신칸센은 정찰제라 가격이 합리적으로 느껴졌다. 신칸센을 타 볼 절호의 기회였다. 모험가의 피가 끓기 시작했다.

그럼 어디로 갈까. JR 노선도를 더듬던 중, 얼마 전 강원도 원주에 위치한 뮤지엄 산에서 전시로 만난 나오시마가 반짝 떠올랐다. 뮤지엄 산은 일본의 대표 건축가 안도 다다오가 지은 건축물 중 하나였고, 일본 가가와현의 나오시마는 그가 설계한 미술관만 무려 네 곳인 데다 그 외 여러 작품들까지 만나 볼 수 있는 예술의 섬이다. 전시를 보며 '살면서 저기는 꼭 한번 가 봐야겠다' 싶었는데, 마치 오늘 초대장을 받은 것만 같은 기분이 들었다.

●｜►

안도 다다오라는 건축가를 처음 알게 된 건 2019년 1월이었다. 군 전역 후 복학 대신 취업을 선택해 이제 막 새 직장에 적응하고 있을 무렵 떠난 첫 해외 출장지가 홋카이도였다. 수북이 쌓인 눈길을 지나 설산 안 스키 리조트에 도착했다. 이런 상업 리조트 안에 교회가 있다는 것도 의아했는데 막상 가 보니 내가 지금껏 봤던 교회들의 모습과 사뭇 달라 더욱 놀랐다. 뾰족한 첨탑이나 십자가는 온데간데없고 네모반듯한 콘크리트 블록들만 미로처럼 우뚝 서 있었다. 표지를 따라 입구에 들어서니 찬 바람마저 고요해졌고, 내부는 곡선으로 이어져 앞을 내다볼 수 없었다. 은은하게 새어나오는 주황빛 조명을 좇아 나선형 콘크리트 계단을 내려갔다. 반층 정도 내려와서 본 광경은 전혀 새로운 세상이었다. 이곳은 안도 다다오가 건축한 '물의 교회'였다.

노출 콘크리트로 둘러싸인 다섯 개의 면, 그리고 탁

트인 정면, 베젤 없는 창 너머로 작은 못을 둘러싼 나무들, 그리고 못 정중앙에 우뚝 선 십자가 하나. 고요가 흐르는 절제된 공간이 풍기는 거룩함이란 유럽 대성당과는 또 다른 느낌의 성스러움이었다. 규모로 보나 디테일로 보나 세계적인 건축물들에 비하면 단출하다고 할 수도 있겠으나 공간이 좁은 만큼 영감은 더 높은 밀도로 느껴졌다. 그렇게 한순간 안도 다다오에 매료됐다.

안도 다다오의 생애도 흥미롭다. 그는 오사카 빈민가에서 태어났고, 생계를 위해 10대 때부터 목수 일을 시작했지만 고등학교 졸업 후에는 복싱 선수로 생계를 이어갔다. 그러던 중 우연히 한 건축가의 사진집에 감명을 받아 독학으로 건축을 공부했는데 아르바이트로 번 돈으로 최소한의 경비만 들고 유럽부터 중동, 인도, 아프리카 등으로 건축 여행을 떠났다는 게 특히 인상적이었다. 책에서 보던 공간들을 직접 보고 감각으로 익히기 위해 무작정 떠나 노숙도 마다하지 않던 그가 건축사 자격증을 취득해 자신의 이름을 딴 건축 사무소를 건립한 게 1969년, 그의 나이 스물여덟이었다.

뮤지엄 산에 갔던 것도 사실 안도 다다오 때문이었다. 뮤지엄 산에는 개관 10주년을 맞이해 미술관의 설계자인 안도 다다오를 주제로 한 기획전이 진행 중이었다. 전시 제목이 무려 'YOUTH젊음'. 내가 〈여행에미치다〉에 있을 때부터 사용해 온 닉네임이자, 인터넷 활동명이 바로 'YOUTH유스'다. 운명이라 느끼며 주말까지 채 기다리지 못하고 오후 두 시에 퇴근하자마자 뮤지엄 산으로 갔다(당시는 새벽조로 출근하던 시절이었다). 생활 반경으로부터의 모든 일탈이 내게는 곧 여행이다.

우연한 행복

일본 가가와현 세토내해에 위치한 작은 섬 나오시마에 가려면 항구가 있는 다카마쓰를 거쳐야 한다. 인천발 다카마쓰 직항 항공편도 운항 중인데 난 계획 없이 왔으니 불편은 감수해야 했다. 대신 기차 여행을 한다는 데 방점을 찍었다.

하카타 역에서 다카마쓰행 열차 시간을 찾아보는데 직통 열차가 없었다. 역무원에게 서툰 일본어로 더듬더듬 "나오시마에 가고 싶다."라고 말했더니 가는 방법과 티켓 구입을 도와줬다. 오카야마에서 다른 열차로 갈아

타야 하는 모양이었다.

평일 저녁 시간인데도 편도 10만 원이 족히 넘는 신칸센 열차에는 빈 좌석이 거의 없었다. 다들 무엇을 위해 어디로 가고 있는 걸까. 하지만 인파 대비 열차 안은 극도로 조용했다. 복도에서조차 통화가 금기시될 정도의 침묵 속에서 옆자리 아저씨의 책장 넘기는 소리와 철로를 따라 덜컹거리는 열차 소리만 주기적으로 맴돌았다.

그렇게 두 시간을 달려 오카야마에 도착했다. 환승할 때 잠깐 둘러보는 경유 여행을 좋아하지만 다음 날 아침 일찍 첫 페리를 타야 하니 오카야마 여행은 다음을 기약하기로 했다. 다카마쓰행 열차로 갈아타는 데 남은 시간은 20분. 초행길인 외국인이 기차표를 끊고 갈아타기에 성공하기까지 지루할 틈 없는 시간이었다. 그렇게 박진감 넘치는 20분을 보내고 안도의 한숨을 내쉬며 좌석에 앉았는데 하필 나 혼자만 역방향이었다. 맞은편에 앉은 현지인들과 수차례 눈이 마주쳤다. 서로가 신기하다는 표정으로 어색하게 힐끔거렸다. 열차에 외국인 여행자는 혼자뿐이었다. 두 시간 전까지만 해도 존재조차 몰랐던 다카마쓰로 캐리어도 없이 향하는 내 모습을 보며 그들은 무슨 생각을 했을까. 영락없는 이방인의 모습이 었으려나. 하긴 그땐 나 스스로도 내가 낯설게 느껴졌다.

해가 다 져 버린 탓에 바깥 풍경이 흐릿해지니 졸음이 쏟아졌다. 그날 새벽 다섯 시에 출근한 걸 생각하면 저녁 아홉 시는 잠이 와도 이상할 게 없는 시간이었다. 사전 예약이 필요하다는 미술관 티켓만 구매하고 잠깐 눈을 붙였다.

다카마쓰에 도착했을 때는 저녁 열 시가 훌쩍 넘은 시각이었다. 다카마쓰는 한국으로 치면 포항이나 진주 정도 규모로 인구는 40만 명가량 되는 항구도시다. 이곳에는 내로라하는 음식이 하나 있다. 다름 아닌 우동이다. 한국 일식당 메뉴판에서 '사누키 우동'을 본 적 있지 않은가. '사누키'는 다카마쓰가 속해 있는 가가와현의 옛 지명이다. 길을 가다 아무 가게나 들어가도 웬만하면 수타 면을 쓸 정도로, 쫄깃한 우동 식감에 진심인 가가와현은 '우동현'이라고 불릴 정도로 '면부심'이 있다. 면이라면 둘째가라면 서러울 정도로 좋아해 당장에라도 우동집으로 달려가고 싶었지만 이름 좀 있는 가게들은 아침 일찍 열었다가 오후 두세 시면 문을 닫을 정도로 호락호락하지 않았고, 이왕이면 검증된 곳에서 다카마쓰의 첫 우동을 먹고 싶은 마음에 내일을 기약했다.

항구에서 가장 가깝고 저렴한 비즈니스호텔을 골라 체크인했다. 딱히 풀 짐도 없으니 가방만 내려놓고 나와 식당으로 향했다. 가운데 주방을 'ㄷ자' 형으로 둘러싼 바 테이블과, 신발을 벗고 앉는 테이블 둘, 창가에 2인용 간이 테이블까지 기껏해야 열댓 명 정도 들어갈 만한 크기의 동네 선술집이었다. 말동무도 없이 심심하니 야키토리 굽는 거라도 구경할까 싶어 냉큼 다찌석에 앉았다. 일단 레몬 사와 한 잔을 메가 사이즈로 시킨 다음 번역 앱으로 천천히 메뉴판을 살폈다. 익숙한 메뉴를 주문할까 하다가 다카마쓰의 명물이라는 문구에 바로 호네츠키도리骨付鳥를 주문했다. 그러자 장인 포스를 풍기는 민머리 사장이 와서는 오야도리親鳥와 히나도리雛鳥 중 고르란다. 사실 무슨 말인지 몰라서 추천대로 먹겠다고 대충 얼버무렸는데 젊으니까 젊은 걸 먹으라는 사장의 말에 오야도리가 노계, 히나도리가 영계라는 걸 이해했다.

큼지막한 닭 넓적다리가 뼈째로 석쇠 위에 올라왔다. 두 개밖에 안 남았는데 럭키 가이라는 등의 스몰 토크를 건네며 사장이 이방인의 긴장을 녹여 줬다. 레몬 사와 한 잔을 다 비울 무렵, 먹음직스럽게 익은 호네츠키도리가 등장했다. 재빠르게 생맥주를 추가 주문하고는 노릇한 닭다리에 젓가락을 갖다 댔다. 살이 으스러지면서 뜨거운 김과 함께 육즙이 흘러나왔다. 역시 닭다리는 들고 뜯어야 제 맛이다. 곧장 한입 크게 베어 물었다. 짭조름한 소금 간에 스모키한 풍미까지 더해지니 밥 생각이 나서 구운 주먹밥과 진저 하이볼을 추가했다.

모르는 단어는 영어로 대체해 가며 민머리 사장과 나누던 대화가 다찌석 단골손님이라는 옆자리 커플에게까지 번졌다. 수다 삼매경에 있다 보니 어느덧 자정이 훌쩍 넘었다. 남은 잔만 비우고 인사를 나누며 가게를 나섰다. 가게 문에 적힌 'Close 23:00'이 눈에 들어왔다. 어쩐지 중간에 가게가 좀 어두워진 것 같더라니. 여행 온 외국인을 배려해 준 것 같아 제법 미안해진 마음을 고마움으로 감싸며 숙소로 향했다.

개인적으로는 여행지에서의 첫 끼가 여행의 분위기

를 좌우한다고 생각한다. 비록 대표 음식 우동은 아니었지만 느낌이 좋았다. 운에 모든 걸 맡기는 즉흥 여행의 맛이었다.

아침 여섯 시 알람이 어김없이 울렸다. 몸이 그야말로 천근만근이었다. 하루 만에 비행기와 신칸센을 타고 와서는 술까지 마셨으니 아침이 썩 괴로울 만도 했다. 30분만 더 자고 싶은 달콤한 유혹이 엄습했지만, 그 정도로 달아날 피곤이 아니라는 판단에 일어나자마자 과감하게 암막 커튼을 열었다. 빠르게 씻고 숙소를 나섰다. 아무리 피곤해도 막상 샤워를 하고 바깥 공기를 마시면 잠은 달아나게 돼 있다.

페리 시간까지 남은 시간은 한 시간 반이었다. 점 찍어 둔 가게가 있었지만 조금 거리가 있어 시간이 애매했다. 지난밤부터 왠지 이번 여행에 느낌이 좋다는 자신감이 생겨 계획을 수정하기로 했다. 초행에 무리할 이유는 없다. 때마침 눈에 들어온 건 역전 우동집이었다. 일단 사람들이 줄을 서 있었고 구글 리뷰 수도 2,000개가 넘었다. 무엇보다 여행자보다 현지인이 많은 분위기에 신뢰가 급상승했다.

급식소처럼 줄지어 쟁반을 하나씩 들고 원하는 메뉴의 번호를 말하면 우동을 올려 줬다. 나는 비교적 생소한 가마아게 우동을 선택했다. 국물 없이 달걀과 간장 소스로만 비벼 먹는 우동인데 점원이 "노 수프 오케이No soup, okay?"하고 물었다. 아무래도 주문해 놓고 국물이 왜 없냐고 따지는 외국인들이 제법 있는 모양이었다. 순식간에 탱탱한 우동이 물기를 튀기며 접시 위에 올라왔고, 나는 튀겨지자마자 바구니에 채워지는 노르스름한 튀김 두어 개를 골라 집었다. 그러고나서 샛노란 달걀노른자를 탁 터뜨리고는 송송 썬 파와 함께 비볐다. 가게에 따라서는 간장을 살짝 둘러 나오기도 하는데, 아닐 땐 그냥 기호에 맞게 직접 뿌려 먹으면 된다. 갓 삶은 통통한 사누키 면에 달걀옷이 비벼지는 자작자작 소리만으로도 군침이 돌았다.

드디어 한입. 면발이 두툼해 서너 가닥만에 입안이 꽉 찼다. 소문대로 쫄깃쫄깃한 게 확실히 씹는 재미가 있었다. 자리마다 놓인 시치미와 후추를 더했더니 감칠맛이 살아났다. 이번엔 튀김 차례였다. 새우와 채소, 어묵까지 갓 튀겨 낸 수제 튀김의 바삭함이 부드러운 우동 면발과 충돌하며 정반합을 이뤘다.

이후에도 여러 차례 다카마쓰를 여행하며 훌륭한 우동집을 발굴 중이다. 놀랍게도 어딜 가나 우리의 상식 이상의 맛을 자랑했다. 제조법, 온도, 토핑에 따라 미묘한 차이가 나는 만큼 아마 나는 우동 여권(다카마쓰 공항이나 역 안내소에 가면 방문한 우동집 할인쿠폰이 담긴 우동 여권을 받을 수 있다)에 소개된 모든 가게를 섭렵하기 전까지는 다카마쓰 여행을 끊지 못할 것 같다. 건강한 충동과 열망은 늘 우리를 새로운 세계와 즐거움으로 이끈다. 나오시마에 가기 위해 어쩔 수 없이 거쳐야 하는 곳이라고만 생각했던 다카마쓰에서 새로운 행복을 발견했듯이 말이다.

이방인이라는 공감대

우동에 빠져 시간 가는 줄 모르다가 15분을 남기고 겨우 페리 터미널에 도착했다. 시간은 충분했다. 줄도 그리 길지 않았고, 만선이라 섬에 못 들어가는 일은 좀처럼 없다고 했다. 편도인지 왕복인지만 묻고 티켓 값은 현금으로만 받았다. 예술의 섬으로 향하는 배답게 선체도 선내도 알록달록 예쁘게 꾸며져 있었다.

1910년대만 해도 나오시마는 미쓰비시 제련소가 들어오면서 일본 근대화를 위한 산업 인구들이 이주해 생활하던 곳이었다. 인구가 1만 명이 채 되지 않았던 이 '노동자의 섬'은 1980년대에 들어서는 인근에 설치된 폐기물 처리장들로 인해 환경오염 문제가 심각해져 '쓰레기섬'이라는 오명을 안은 채 사람들로부터 잊히고 있었다.

그러던 중 1980년대 후반, 베네세 그룹의 회장 후쿠다케 소이치로가 어떻게 인간의 삶과 예술을 연결할 수 있을지 고민하며 '도시가 아닌 자연 속에 예술 공간을 만들자'고 생각하던 차에 나오시마를 발견했다. 버려진 섬인 만큼 자신이 꿈꾸던 예술 실험을 하기에 더없이 좋은 공간이 될 수 있겠다고 생각한 후쿠다케 회장은 1987년 안도 다다오를 직접 찾아가 예술 시설 설계를 의뢰했고, 후쿠다케의 아이디어에 공감한 안도는 미술관을 넘어 '삶의 철학 공간'을 만들겠다는 마음으로 이 프로젝트에 참여했다고 전한다.

나오시마까지는 배로 40분 정도 걸렸다. 야외석에 앉아 바닷바람을 맞으며 구경하다가 다시 안으로 들어가 30분간 선잠을 자며 수면 빚을 갚았다.

도착을 알리는 안내 메시지에 잠에서 깼다. 다시 야

외로 나가 가까워지는 나오시마를 바라봤다. 선착장에 설치된 쿠사마 야요이의 작품 '빨간 호박'이 여행객들을 반겼다. 마치 예술 테마파크에 온 듯 설레었다. 안도의 노출 콘크리트 건축물들이 곳곳에 모여 있는 섬이라니 어찌 설레지 않을 수 있을까.

자연의 훼손을 최소화하기 위해 지하 구조로 설계해 중간중간 구멍 사이로 빛이 들어오게 표현했다는 '지중미술관'부터, 내가 가장 좋아하는 한국 현대미술가 이우환 선생님의 '이우환 미술관', 안도 다다오가 설계한 호텔인 베네세 하우스 옆에 있는 '베네세 하우스 뮤지엄', 최근 개관한 '나오시마 신미술관'까지 모두 네 개 미술관이 안도 다다오의 작품이다. 안도 다다오뿐 아니라 곳곳에서 쿠사마 야요이의 '호박'을 포함해 다양한 설치미술 작품들도 만날 수 있다.

선착장 앞 렌털 바이크숍에서 전동 자전거를 빌렸다. 마음 같아서는 스쿠터를 빌리고 싶었지만 베트남에서 오토바이 사고를 당했던 게 떠올라 부담스러웠다. 길은 생각보다 복잡하지 않았다. 지도 앱을 보지 않고도 자전거에 달려 있는 약도와 도로의 표지판만으로 충분히 찾을 만했다.

　미술관들은 아침 열한 시에 여는 경우가 많았고, 아무리 멀어도 자전거를 타고 20분 내외면 다다를 수 있는 거리라 여유를 좀 부려 보기로 했다. 섬이라 그런지 하늘도 더 쨍하고 구름도 마치 유치원생이 그린 수채화처럼 동글동글 떠다녔다. 도로에 차도 좀처럼 없고, 한국인 관광객도 나뿐인 듯해 괜히 더 기분이 좋았다.

　하루 이틀이면 섬 내 대부분의 전시 공간들을 관람할 수 있을 정도로 작다 보니 동선이 겹쳐 친해진 외국인 여행자도 생겼다. 마주칠 때마다 가벼운 미소와 눈인사만 하고 지나가다가 우연찮게 미술관 카페에서 만나 간단히 스몰토크를 나눴다. 전시도 훌륭했지만 건축물 하나하나가 다 작품이라 제대로 감상하고 싶은 마음에 미술관에 가면 꼭 카페테리아에 들렀다. 하루에 커피만 넉 잔 넘게 마시다 보니 머리가 지끈거렸으나 드립 커피가 가장 저렴하고 또 맛있어서 어쩔 수 없었다.

　목표했던 미술관들을 전부 돌아보고도 다카마쓰로 돌아가는 페리 시간까지는 제법 여유가 있었다. 자전거를 끌고 유유자적 포토 스폿들을 다녔다. 이런 완벽한 풍경들을 두고 내 사진을 남기지 못한다는 건 혼자 여행하는 사람의 서글픈 숙명이다. 나오시마의 랜드마크, 쿠사마 야요이의 '노란 호박' 앞에 줄지어 사진을 찍고 있는 사람들이 보였다. 이런 곳이라면 먼저 사진을 찍어 주고 자연스레 내 사진도 부탁할 수 있지 않을까 싶었다.

마침 또래로 보이는 일본 여성이 먼저 사진을 부탁했다. 한국인의 자존심을 걸고 다양하게 구도를 바꿔 가며 최선 다해 사진을 찍어 줬다. 다음은 내 차례였다. 나만큼의 열정은 바라지 않았지만 결과는 꽤 만족스러웠다. 그렇게 감사 인사를 하고 자리를 뜨려는데 갑자기 그녀가 지난밤 내가 갔던 이자카야의 이름을 말했다. 어제 가게에서 아저씨들과 이야기 나누는 걸 봤단다. 알고 보니 자전거도 같은 렌털 숍에서 대여해 함께 반납을 하고는 다카마쓰로 돌아가는 배 안에서 이런저런 이야기를 나눴다 (제법 영화 같은 전개지만 현실은 그냥 현실일 뿐이다).

그녀의 이름은 미즈키, 나보다 세 살 위였고 교토시립예술대학교 출신의 수재였다. 외국 유학 경험까지 있어 영어를 섞어 가며 대화를 나누는 데도 무리가 없었다. 그래픽 디자이너로 일하고 있는 그녀는 자투리 시간을 활용해 영감을 찾아 여행하는, 그야말로 예술적 노마드의 삶을 사는 사람이었다. 하지만 마냥 순탄한 삶도 아니었다. 고게이다이(일본의 5대 명문 국공립 예술대학을 칭하는 말)까지 졸업했지만 일찍 결혼해 전업주부로 살다가 다시 꿈을 찾아 나선 지 얼마 되지 않았다고 했다.

책에 담기까지 20년이 걸렸던 나의 어린 시절 이야기부터 그녀가 일찍이 결혼 생활을 정리하게 된 사연까지. 우리는 한 치의 동정도 없이 담담하게 각자 살아온 이야기를 주고받았다. 결핍, 욕망, 공허, 사랑과 같은 피곤한 주제들을 처음 만난 외국인과 술 한 방울 없이 나눈다는 게 조금 재미있었다.

"처음 본 사람이라 오히려 가능한 것 아닐까. 살아갈수록 비밀이 쌓여서 입이 간지럽지만, 보통 비밀은 안 좋은 일들이 더 많고, 그걸 듣게 되는 사람들도 어느 정도 마음의 짐을 떠안게 되잖아. 그래서 차마 가족과 친구를 비롯한 소중한 사람들에게는 더 말하기 어려운 법이지."

미즈키가 말했다. 맞는 말이었다. 마음 편히 배설排

說할 상대가 필요했던 우리는 이를 '이방인의 무책임한 합의'라 정의했다.

미즈키는 곧장 도쿄로 돌아가야 한다고 했고, 기차 시간이 다가와 나는 그녀를 역 앞까지 배웅했다. 서로를 알아가기엔 시간이 그리 넉넉지 못했지만 제한된 시간과 정보 속에서 생각 이상으로 깊은 이야기를 나눴다. 역시 떠도는 이방인들끼리는 통하는 게 있는 모양이다. 그녀는 돌아온 싱글이 된 만큼, 이제 가족이라는 굴레에서 벗어나 유럽에서 꿈을 펼치며 살아갈 계획이라고 했는데 지금쯤 어디서 이방인으로 빛나고 있으려나.

그로부터 어느덧 나오시마만 세 번을 더 갔다.
처음 갔을 때는 다음에 또 기회가 없을지 모른다는 생각에
카메라에 담기 위해 안달복달했다.
하지만 '볼 수 없음'이 '다시 찾는 이유'가 된다는 걸,
간직할 수 없어서 더 소중한 머무름이 있다는 걸
이제는 알게 됐다.

달리기

퇴근 후에는 종종 서울식물원 주변을 달린다. 집과는 거리가 좀 있지만 굳이 15분 정도를 운전해서 간다. 유행에 힘입어 골프나 테니스를 권하는 지인들도 많았고, 개인 PT도 받아 봤지만 비용도 부담스럽고, 운동만을 위해 조성된 스포츠센터들이 괜히 답답해서 그만뒀다. 그에 비해 15만 평 크기로 조성된 쾌적하고 넓은 공원에서 호수를 끼고 달리다 보면 내가 좋아하는 안도 다다오가 설계한 LG아트센터 건물까지 볼 수 있으니 러닝을 안 할 이유가 없다.

확실히 러닝은 건강한 습관의 초석이다. 일단 좀처럼 운동할 일 없는 도시에서 역동적인 심장 박동을 느낄 수 있고, 온몸에 끓던 피와 답답했던 체증이 가쁜 숨을 타고 빠져나간다. 매 끼니를 밖에서 해결해 내 몸에 쌓였던 염분도 땀방울에 흘려보낼 수 있다. 덕분에 건강에 좋지 않은 음식들도 더 잘 분간할 수 있게 됐다. 좋아하는 떡볶이, 마라탕을 실컷 먹고 달리는 날에는 내내 속이 쓰려 고생한다는 걸 알아서 좀 더 순하고 깨끗한 음식을 찾게 됐다. 대식가로서의 자부심도 내려놓았다. 달리다 보면 내 위장의 허용 범위가 명확해져 가짜 배고픔에 속는 일도 줄어든다. 퇴근하자마자 야식 시킬 생각에 군침이 돌다가도 공원 두 바퀴 뛰고 나면 이온음료 한 병으로 충분히 허기가 달래진다. 힘들게 뛴 게 아까워서라도 음식의 유혹을 뿌리치게 된다.

요즘 무라카미 하루키의 에세이《달리기를 말할 때 내가 하고 싶은 이야기》를 읽고 있다. 그래서인지 오늘은 성적도 좀 더 좋았다. 기록을 목적으로 뛰는 건 아니지만, 숫자가 주는 보람 또한 러닝에 있어 적지 않은 즐거움이다. 집에 돌아와 폼롤러로 근육을 간단히 풀어 주고 곧장 샤워를 시작한다. 운동으로 달아오른 몸의 열기를 식히는 것만큼 상쾌한 일이 없다. 그런 의미에서 자기계발 시장에 소문난 '콜드샤워'는 확실히 효과가 있다. 할 땐 괴롭지만 끝나면 기분 좋아지는 선택의 대표주자랄까.

하루키의 기운을 받아 달린 김에 밤에는 글을 써 보기로 한다. 사라진 잡생각과 조금은 나른해진 몸, 창밖엔 차 소리뿐인 고요 속에서 손가락이 탄력을 받는다. 그렇게 두 시간 정도 집중하고는 새벽 두세 시가 되어서야 잠자리에 든다. 저녁 열 시에 잠들어 새벽 다섯 시에 눈을 뜬다는 하루키와는 시차가 제법 있지만, 아직 야심한 밤을 포기하기는 영 아쉽다. 친구들과 시간대 다르게 살다 보니 휴대전화 울릴 일도 좀처럼 없다.

그래도 이제 잠은 충분히 잔다. 저녁조로 근무 시간을 옮긴 뒤로는 알람 없이 자는 데 익숙해졌다. 그럼에도 여전히 다섯 시간 정도 자고 나면 한번씩 눈이 떠진다. 일전에 네 시간 반 나폴레옹 수면법을 습관화한 탓이다. 마른입에 물 한 모금을 적시고 다시 눕는다. 하루 중 가장 큰 여유와 안락을 느끼는 시간이다. 그러고는 두 세 시간 더 잔다. 아침만큼은 한 주의 절반 이상을 주말처럼 보내는 요즘이다.

눈을 뜨자마자 이불을 개고 거실 의자에 앉아 잠을 깨운다. TV도 소파도 없이 휑한 거실에는 스피커 한 대와 컴퓨터 책상만 덩그러니 놓여 있다. 빈 공간 덕에 스피커 소리가 좀 더 멋스럽게 울리는 느낌이다. 누자베스의 믹스테이프를 재생하고 전기포트에 물을 올린다. 카페를 여기저기 다니며 모은 드립백 중 하나를 골라 좋아하는 컵에 건다. 원두를 직접 갈아 내려 마시기도 한다. 매일 아침, 기분에 따라 LP 대신 커피를 고르며 하루의 무드를 선택하는 재미가 있다.

아침에 출근한 사람들이 보내 놓은 업무 연락과 친구들의 메시지를 훑으며 커피를 마신다.

몇 달 전까지만 해도 거실 창밖으로 제법 그럴싸하게 한강이 반짝였는데, 새로 올라온 빌딩에 전망이 막혔다. 입주 전부터 예정됐던 일이니 억울할 것까진 없지만, 있다 사라지니 아쉬운 게 사람 심리다. 전세 가격에 반영되지 않았던 '기한적 한강뷰 이벤트' 덕에 1년 정도 한강뷰를 누릴 수 있었다. 한강뷰가 사라졌는데도 그새 집값이 올랐다. 그래서인지 집주인의 인상이 갈수록 인자해진다. 내 집 마련은 언제 하지? 괜한 생각들이 부풀어오르기 전에 세탁기나 돌리자. 그리고 보니 러닝 덕에 빨래 주기도 빨라지고, 겸사겸사 집안일도 더 부지런히 하게 됐다.

후쿠오카에 갈 때면 습관처럼 들른다고 했던 오호리 공원에도 호수 주변으로 조성된 트랙을 따라 달리는 사람들이 많다. 평일, 주말, 낮, 저녁, 남녀노소 할 것 없이 모두가 묵묵히 땀을 흘리며 달린다. 유난히 조용한 공원을 가득 메우는 건 뛰는 발자국 소리들뿐이다. 그럴 때 나는 수첩을 펴고 펜을 돌린다. 그들은 무슨 생각을 하며 달릴까.

각자의 일상은 그렇게 흘러간다.

역전극

'왕복 90만 원에 아랍에미리트 무료 숙박!'

입사 이후 맞이하는 두 번째 장기 여행을 포르투갈로 결정한 데는 중동 항공사의 파격적인 경유 프로모션의 공이 컸다. 추가금 없이 스톱오버 연장에 3성급 호텔을 최대 2박까지 지원해 준다니! 안 그래도 유럽행 직항 항공권은 엄두도 못 내고 있던 차라 장거리 비행 중간에 잠시 쉬었다 간다고 생각하면 오히려 돈을 더 내도 이상할 게 없는 조건이었다. 경제·문화적으로 흥미로운 부분이 많은 중동 지역에 대한 식견도 쌓을 겸, 한국에서 난

리인 두바이도 경험할 겸 더없이 좋은 기회였다.

중동의 화려함에 대해서는 익히 들었지만 막상 도착해서 경험한 아부다비의 관광 서비스는 그야말로 차원이 달랐다. 가장 먼저 놀란 건 입국 심사장 앞에서 본 'NO EXCHANGE FEE(환전 수수료 무료)' 팻말이었다. 대개 악명 높은 환율을 자랑하는 입출국장 환전소에서조차 처음 AED(아랍에미리트 디르함)를 살 때의 환율과 동일하게 돈을 바꿔 줬다. 물론 여행을 마치고 포르투갈로 갈 때도 조금의 손해도 보지 않고 디르함을 유로로 바꿀 수 있었다. 환전 수수료가 없을 뿐 아니라 체류하는 동안 모든 업장에서 카드 결제는 물론 애플페이까지 가능해 아부다비는 그야말로 지출 편의성 최상의 도시였다. 숙박도 공짜, 환전도 공짜, 공항을 나서면 주요 관광지까지 이동하는 셔틀버스도 공짜. 말 그대로 '일단 한번 잡쉬 봐' 식 관광 유치 전략이었다.

이왕 온 김에 두바이도 갈 겸, 인생 버킷리스트에 담아 뒀던 곳이 있어 거기도 갈 겸 렌터카를 빌렸다. 한화로 하루 2~3만 원 정도에 해외에서는 '엘렌트라'라는 이

름으로 불리며 수출되는 정겨운 국산 차 아반떼를 대여
했다. 저렴한 기름 값은 덤이었다. 스타벅스나 맥도날드
같은 주요 체인점의 메뉴 가격으로 미루어 봤을 때 물가
는 한국보다 10~15퍼센트 정도 비싼 편인데 식비를 제외
하면 지출에 부담을 느낄 일은 좀처럼 없었다.

아랍에미리트는 일곱 개의 토호국 연합체다. 한국에
서는 흔히 '아랍에미리트' 하면 부유함의 아이콘인 '만수
르'와 '두바이'를 먼저 떠올리지만 이런 익숙함과는 별개
로 수도 아부다비가 아랍에미리트 전체 면적의 80퍼센트
다. GDP도 아부다비가 두바이의 세 배 이상이다.

20세기 전반까지만 해도 걸프 지역 최대 진주 수출
항 중 하나였던 두바이는 일찍이 인도·페르시아·유럽
상인들이 드나드는 교역의 중심지로, 아부다비보다 경제
적으로 앞서 있었다. 그러나 1930년대 일본의 양식형 인
공 진주가 시장에 등장하면서 천연 진주의 가격이 폭락
했고 대공황까지 겹치며 걸프 지역의 진주 무역은 붕괴
되고 말았다. 척박한 기후 탓에 농업은 거의 불가능한 수
준이었던 두바이와 걸프 지역 전역은 빈곤에 시달렸다.

그러던 중 1958년 아부다비 해상에서 대규모 석유 매장지가 발견되며 전세가 역전됐다. 당시 아부다비의 지도자였던 셰이크 라시드가 이를 국가 재정 기반으로 전환하면서 아부다비는 세계적인 오일 강국으로 급부상했다. 지금까지도 아랍에미리트 전체 석유 매장량의 90 퍼센트 이상이 아부다비에 있으며, 이는 전 세계 석유 매장량의 약 9퍼센트에 달한다. 한편 두바이의 석유 매장량은 아랍에미리트 전체의 약 4퍼센트 정도로, 아부다비와는 스무 배 넘게 차이가 난다. 결국 지정학이 두 지역의 우열을 가른 셈이다.

상황이 이런데 두바이는 어떻게 오늘날 '부의 상징'으로 브랜딩 될 수 있었을까? 두바이는 결코 아랍에미리트 연방의 2인자 정도로 만족할 수 없었다. 그래서 일찍이 석유에 대한 의존에서 벗어나기 위해 '포스트 오일 전략'을 펼쳤다. 본래 강점이던 무역과 물류에 더욱 힘을 실으며 제벨알리 항구를 개항해 중동 최대의 무역자유구역으로 성장했다. 그뿐 아니라 외국인 관광객과 기업을 유치하기 위해 '최고' 전략을 구상했다. 세계 최고의 7

성급 호텔, 세계 최고의 빌딩, 세계 최대 규모의 쇼핑몰, 세계 최대의 분수쇼 등등 두바이 하면 '1등'이 연상되도록 도시 브랜드를 강화했다. 이에 더해 관세·법인세·소득세 100퍼센트 면제 등 파격적인 세제·규제 완화로 순식간에 중동·아프리카 금융 허브 자리를 꿰차며 수많은 IT·스타트업 기업들을 유치하고 있다. 그렇게 패러다임은 또다시 바뀌어서 오늘날에는 아부다비를 포함한 중동의 수많은 국가들이 두바이의 포스트 오일 전략을 따라가는 판국이다.

뜨겁게 빛나는 아랍에미리트의 번영 속에는 기회의 철학이 담겨 있다. 역전극의 주인공은 언제나 후발주자다. 전세를 뒤집는 저력은 빈손에서 나오는 법이다. 기회란 언제 어떻게 터질지 알 수 없으나 그 기회가 내 것이 아니더라도 운에만 기댈 수는 없다. 다음 수를 내다보고 거침없이 나아가는 도전의 중요성을 다시금 생각해 본다.

빈티지와 헤리티지

혼자 하는 여행에서 지출에 가장 망설이게 되는 부분은 단연 숙소다. 혼자일 때 숙소란 그저 잠잘 곳에 불과해서 따뜻한 물과 깨끗한 침대만으로도 좋은 숙소의 요건이 충족된다. 물론 쾌적한 공간에서 콘텐츠를 만들거나 글을 쓰는 데 영감을 얻기도 하지만 그런 공간은 한국에도 충분히 많다. 잠시 머물며 영감을 얻을 곳이 필요할 때는 동네 카페를 선호한다. 분위기 있는 카페에 노트북 하나 챙겨 가서 낯선 햇빛과 바람을 맞고 있노라면 디지털 노마드가 된 듯한 자유로운 느낌에 취할 수 있다.

이런 내게도 죽기 전에 한번쯤 묵고 싶은 버킷리스트 숙소가 있었다. 그 자리에 있기에 의미 있는 공간들, 우후죽순 늘어나는 럭셔리 호텔·리조트들도 언감생심 흉내 낼 수 없는, 단순히 멋진 건축을 넘어 지역의 시간과 정수를 담은 곳들이다.

코로나19 팬데믹 시절, 당시 한낱 취업준비생이었던 내게 공간의 가치를 일깨워 준 스승이 있다. 공간 솔루션 기업 '글로우 서울'의 유정수 대표님이다. 서울 익선동부터 경주 황리단길, 대전 소재동 등등 그의 손길을 거쳐 탄생한 유명 카페와 식당들은 한두 곳이 아니다. 클럽하우스라는 SNS를 통해 인연이 닿아 오프라인으로도 만날 기회가 생겼다. 그의 공간들을 이미 수차례 경험해 본 터라 만남 자체만으로도 한없이 들떴다. 그렇게 처음 만난 날에 무슨 배짱이었는지 고객으로서 좋았던 점, 아쉬웠던 점을 쏟아냈다. 그냥 무시할 수도 있었을 텐데 그는 한마디 한마디 곱씹으며 꼬리질문과 피드백으로 화답했다. 그러고는 '공간을 읽는 지혜가 있는 것 같다'며 나를 이곳저곳 데리고 다니면서 안목을 넓혀 줬다.

제법 다른 환경에 살아가는 우리 둘 사이의 공통분모는 역시나 '여행'이었다. 그러나 그의 여행 스타일은 나와는 정반대였다. 그는 예산이 넉넉하지 않았을 때부터 여행 경비의 거의 전부를 숙박비에 썼다고 했다. 하나의 공간만으로 그 나라와 지역의 정수를 담아낼 수 있다는 사실에 매력을 느꼈단다. 듣고 보니 어차피 우리가 낯선 나라의 모든 곳을 둘러볼 수 없는데 시공간의 제약 속에서 가장 정수가 담긴 공간을 찾아 여행하는 게 오히려 합리적일 수 있겠다는 생각이 들었다. 그렇게 그는 가장 '한국스러운' 공간을 만들어 내겠다는 일념으로 글로우 서울을 이끌게 됐다. 역시 사람은 이름 따라 가는 모양이다.

언젠가 그가 "네가 생각하는 가장 한국스러운 리조트는 어떤 그림이야?" 하고 물었다. 한창 언론고시를 준비하던 시기라 잡지식을 마음껏 뽐냈다.

"한국의 서해가 세계 조석간만의 차 2위 수준의 갯벌인 거 아세요? 만조와 간조를 몸소 느낄 수 있는 '갯벌 위의 리조트' 어때요?"

그렇게 한국 갯벌의 브랜딩을 제안하는 장난 섞인 내 답변에도 그는 몇 분간 답이 없었다. 그냥 너무 황당

한 나머지 말문이 막혀서는 아니었다. 진지하게 생각하던 그가 한마디 했다.

"냄새는 좀 나겠다."

가볍게 던진 내 이야기를 이토록 진지하게 받아들이다니! 내 아이디어가 그럴싸했던 걸까 싶어서 주변에 건축공학·토목공학을 전공한 친구들에게 신나게 공유했다. 다들 하나같이 "네가 몰라서 하는 말인데", "역시 문과다운 발상이다" 하며 웃어 넘겼다. 그렇게 몇 달이 흘러 그를 다시 만나 이 이야기를 꺼냈다.

"그렇지. 확실히 짓기는 어렵지. 대신 그런 느낌만 주면 되는 거야. 육지에서 연장을 하든, 높은 곳에서 내려다보이게 하든, 방법은 찾아보면 있어. 그런데 냄새는 어떻게 할래? 생각해 봤나?"

안 되는 이유를 맞닥뜨렸을 때 멈추는 게 아니라 자연스레 대안을 궁리하는 것, 그것이 사업가의 기본 정신이었다. 심지어 석 달도 더 지난 뒤였는데도 그는 그 갯벌 리조트 담론을 이어가고 있었다.

내 아이디어는 에어커튼 기술이나 실내 방향을 최대한 신경 쓰는 수준에 그친 데 반해 그는 아예 유황온

천처럼 갯벌 냄새에 대한 인식을 긍정적으로 재고할 수 있게 브랜딩 할 방안까지 구체화시켰다. 더 놀라웠던 건 처음 아이디어를 나눴던 다음 날 곧장 서해 무인도 입찰에 나선 실행력이었다. 계획이 무산되긴 했지만 아이디어로 장사하는 사람은 이토록 편견이 없다는 걸 그때 배웠다. 하마터면 갯벌 리조트에 지분이 생길 뻔했는데 아쉽다.

그런 유정수 대표를 공간의 세계로 이끈 리조트 중 한 곳이 바로 아부다비에 있는 사막 호텔이었다. 남들 따라 하는 여행을 썩 내켜 하지 않는 나조차도 그의 이야기를 듣고 버킷리스트로 추가했던 곳인데 경유하는 김에 알아보니 마침 비수기라 가격이 반값 수준이었다.

'비어 있는 지역'이라는 뜻의 룹알할리 사막에 위치한 이 리조트는 가는 길부터 신기했다. 221킬로미터가량의 직선도로를 달리는 동안 작은 마을은커녕 주유소조차 거의 없을 정도로 황량했고, 하얀 모래벌판에 이따금 눈에 들어오는 풍경이라고는 사막 식물과 공사 현장뿐이었다. 한 시간 정도 흘렀을까. 슬슬 운전이 지루해질 무렵 눈을 의심할 만한 광경이 펼쳐졌다. 밝았던 모래 색이 점차 진해지기 시작하더니 순식간에 사방이 붉은빛으로 뒤덮였다. 더 이상 공사 현장을 비롯한 현대 문물은 보이지 않았다. 마치 다른 세계로 넘어온 듯한 느낌에 사로잡힌 채 한 시간여를 더 달렸다. 지도에 국경이 보이기 시작할 무렵 '카사르 알 사랍 아난타라' 리조트로 향하는 나들목이 나를 반겼다. 그즈음 외딴 검문소가 차량을 막아 세우더니 신분과 숙소 예약 여부를 확인했다. 그 뒤로도 텅 빈 사막 길을 20분간 더 달렸다. 이 모든 게 오직 이 리조트를 위해 마련된 건가 싶을 정도로 환상적인 느낌이었다. 비밀 임무를 수행하는 007 요원이 된 기분에 취해 갈 무렵, 판타지 영화 속에나 나올 법한 모래성이 나타났다. 인프라가 전무했던 허허벌판에 물탱크와 발전기를 들여 지은 꿈의 궁전. 이 특별한 공간에서 혼자만의 시간을 보내야 한다는 게 영 외로웠지만 카메라와 일기장을 친구 삼아 구석구석 아라비안나이트를 즐겼다.

　　한참 동안 미러리스 카메라로 사진을 찍다가 20년 된 필름 카메라로 바꿔 촬영하려는데 문득 그런 생각이 들었다.

'대개 편리함을 내세우는 최신의 것들은 시간이 지날수록 가치가 떨어지는데 정수를 추구하는 것들은 단순 가격 논리로 가치를 평가받지 않는다.'

　훨씬 높은 해상도로 무한히 사진을 찍을 수 있는 미러리스 카메라가 있으면서도 필름 카메라를 쓰는 이유였다. 한 롤에 서른두 장, 굳이 필름과 현상 값을 지불하며 뿌옇고 초점 나간 사진 속에서 의미를 찾고, 낡고 색 바랜 기계를 출고가의 몇 배씩 웃돈을 주고 거래하는 것이 바로 빈티지의 힘이다.

　내 필름 카메라는 미러리스 카메라보다 다섯 배 저렴하게 샀지만 한 샷 한 샷 셔터에는 오히려 더 큰 정성이 실린다. 미러리스 카메라는 5년 만에 반값이 된 반면, 필름 카메라의 중고 가격은 오히려 올랐다. 효용이 전부가 아님을 증명하는 시간의 정수다. 이를 일찍이 깨달은 나는 일부러 오래된 것, 시대를 호령했던 근본 아이템들을 중고로 구입하곤 했다. 남들 따라 새것을 좇다 보면 끊임없이 비교되지만 오랫동안 사랑받는 물건들은 값을 넘어 취향으로 무르익는다. 물론 돈이 모자라 선택한 노선이기도 했지만 가격 경쟁에서 벗어나게 해 준 탁월한 습관이 됐다.

같은 맥락에서 공간 자체가 주는 신비함 너머 이 사막 리조트의 완공 연도 또한 참으로 인상 깊었다. 국내 호텔이나 리조트만 하더라도 치열한 경쟁 속에 새로 짓고 리뉴얼하기 바쁘다. 반면 2009년에 완공된 이 사막 호텔은 10년 전 리뷰를 찾아봐도 달라진 게 하나 없었다. 그리고 오히려 사람들은 이 변함없는 모습을 보기 위해 다시 찾고 있었다. 주머니 사정 딱한 낭만주의 직장인의 입장에서 가격 메리트도 상당했다. 비수기 더블룸 가격이 30만 원대였으니 서울에서의 호캉스도 웬만하면 이보다 비싸다.

무엇이 빈티지를 만드는가. 숫자가 전부가 아니듯 단순히 오래됐다고 해서 빈티지가 되는 건 아니다. 사막 호텔만 보더라도 완공 17년이면 역사를 논하기엔 너무나 젊다. 당장 옆 동네 두바이만 가도 훨씬 비싸고 화려한 사막 호텔이 많다. 감동을 선사하는 건 효율에서 탈피한 유일무이한 느낌이다. 카사르 알 사랍 아난타라가 특별한 건 편하고 좋은 위치를 다 제쳐 두고 굳이 두 시간 사막 길을 뚫고, 도심에서 200킬로미터 멀리 떨어진 곳에 발전기와 물탱크를 들이면서까지 정수를 고집했기 때문 아닐까.

비록 항공권 프로모션에 혹해 들른 아부다비였지 만 단순히 오일 머니가 빚어 낸 편의와 호화로움 너머 '번거로움 속에서 빛나는 정수의 가치'를 몸소 느낄 수 있어 좋았다.

공기의 냄새

부드럽게 불어오는 지중해성 기후의 시원한 바람은 46도에 육박했던 아부다비의 사막 열풍을 단번에 씻어내기에 충분했다. 리스본 포르텔라 공항을 나서자마자 "날씨 미쳤다." 하고 감탄이 나온 건 그 때문이었다.

동네마다 계절마다 다른 냄새가 난다. 프랑스 소설가 마르셀 프루스트의 마들렌처럼 내게는 특정한 시절을 잊지 않기 위해 새기는 공기의 기억들이 있다. 리스본에 도착하자 역시나 새로운 질감의 공기가 콧등을 스쳤다.

기분 좋은 날씨가 행운을 불러온 걸까. 숙소까지 가는 차편도 알아볼 필요가 없어졌다. 수하물을 기다리며 친해진 사토루의 렌터카를 얻어 타기로 했기 때문이었다.

　입국 심사를 기다리고 있는데 한 동양인이 내 것과 같은 브랜드의 카메라를 목에 걸고 있었다. "오, 후지피루무Fujifilm!" 하는 그의 발음에서 일본인이란 사실을 알 수 있었고, 왠지 모를 반가움에 어쭙잖은 일본어로 답하면서 대화가 시작됐다. 수하물을 함께 기다리면서 사진과 영상 촬영이 취미이며, 왜 후지필름 카메라를 좋아하는지, 어디를 여행하다 왔는지 등등 이야기를 나누다 보니 금세 캐리어가 나왔다.

　이야기할 사람이 그리웠던 건지, 영화와 애니메이션으로 익힌 일본어가 유럽에서 먹힌다는 게 신이 났던 건지는 몰라도 좀 더 이야기를 나누고 싶어 하는 내 마음을 눈치챈 사토루가 먼저 어차피 방향이 같으니 자신의 렌터카로 내 숙소까지 데려다주겠다고 했다. 포르투갈을 여행지로 고른 데에는 동양인 관광객이 비교적 적다는 이유도 있었는데 막상 혼자가 되고 보니 이웃이 그리웠던 모양이다. 사람을 좀처럼 믿는 편이 아닌데도 이끌

리듯 그의 호의를 따랐다.

어쩌면 늘 마주하던 사람들을 그리워하고 다시 만나 반가워하기 위해 낯선 곳으로 떠나는 건지도 모르겠다는 생각도 들었다.

그는 지난해까지 직장을 다니다 은퇴하고 여생을 파도를 타며 보내기로 했다고 말했다. 마침 당시 내 나이와 같은 스물일곱 살에 포르투갈에 온 적이 있었고, 20년 만에 다시 서핑보드와 함께 찾았단다. 우리는 다른 언어와 생김새 너머에서 각자의 과거와 미래를 바라보고 있었다. 직장인이 된 지 이제 겨우 만 2년밖에 되지 않았는데도 앞으로 직장 생활이 20년 남았다고 생각하니 그리 많이 남지 않은 느낌이었다.

그렇게 그가 운전하는 수동 경차 조수석에서 30분 정도 더 대화를 나눴다. 숙소 근방에 다다랐을 즈음 그에게 물었다.

"일본에도 파도 타기 좋은 곳은 많지 않나요?"

검게 탄 피부에 회색 단발머리 위로 선글라스를 올려 쓴 채 그는 답했다.

"물 향기가 달라."

일본어로 그대로 옮기면 '미즈노 카오리가 치가우水
の香りが違う'. 이 열 개 음절이 마치 영화 속 대사처럼 뇌리
에 박혔다.

'아, 역시 누구나 시절을 기억하는 각자의 장치가 있
구나.' 내가 공기의 냄새를 기억하듯 그는 파도의 향을
담고 있었다. 그의 말에 깊이 공감해 이야기를 이어 가고
싶었지만 아쉽게도 길 건너로 숙소가 모습을 드러냈다.
그의 모습을 기억하고 싶어서 짧게나마 브이로그 영상을
찍은 다음 우린 각자의 길로 떠났다.

20년의 삶을 더 쌓은 한 사람의 낭만에 닿기에 충분
한 한 시간이었다. 아직도 생생한 그 한 문장을 곱씹으며
오랜만에 들숨 가득 리스본의 공기를 떠올려 본다. 당신
의 추억은 어디에 스미는가.

리스본 산책

울퉁불퉁한 벽돌 바닥을 걸으며 유럽에 온 것을 실감했다. 요란스레 통통 튀는 캐리어를 억지로 끌다가 괜히 눈치가 보여서 결국에는 들고 다녔다. 리스본 일정이 타이트해 숙소는 중심지에 위치한 게스트하우스로 잡았다. 넓은 부지 곳곳에 호텔과 리조트가 가득했던 아부다비와는 대조적으로 촘촘하게 수놓인 유럽식 빌라들 사이에서 우편번호를 살펴 가며 호스텔 위치를 찾았다.

띵동. 초인종을 누르니 지잉 소리와 함께 철커덕하고 현관문이 열렸다. 성인 두 명이 동시에 오르내릴 수 없는 좁고 높은 계단으로 체크아웃을 한 투숙객들이 캐리어를 벽에 부딪혀 가며 힘겹게 내려오고 있었다. 그들을 다 보내고 난 뒤 반층 올라가 캐리어를 묶어 두고는 다시 지하로 내려갔다. 체크인 카운터가 지하에 있기 때문이었다.

오렌지 빛 수염에 화려한 꽃무늬 남방을 입은 매니저가 혼자 여러 일을 처리하느라 꽤 정신없어 보였다. 우물쭈물 서 있던 나와 눈이 마주치자 '아뿔싸!' 하는 얼굴이 되더니 이마에 한껏 주름을 잡았다가 다시 심호흡을 하고는 최대한 상냥해 보이기 위해 애쓰며 말했다.

"정말 미안한데 아직 체크인 준비가 되지 않았어요. 조금만 기다려 줄래요?"

나는 전혀 문제없다고 그를 안심시키며, 다만 밤을 새우고 새벽 비행기를 타고 와서 샤워를 하고 싶다고, 체크인 전에 공용 샤워실을 사용해도 되겠느냐고 물었다. 또 울려 대는 전화를 급히 받으며 그가 손으로 오케이 사인을 보냈다. 나 역시 수신호로 비용은 이따 지불하겠다고 전하고는 카운터 옆 수건을 하나 챙겨서 객실이 있는 층으로 올라갔다. 캐리어가 절반밖에 펴지지 않는 좁은 복도에서 세면도구만 잽싸게 꺼내 공용샤워실로 향했다. 역시나 비좁은 샤워 부스 안에서 머리를 감는 내내 팔꿈치는 벽면에 닿았고, 갈아입을 옷에는 하릴없이 물이 튀었다.

불과 몇 시간 전 아부다비에서 누렸던 호화로움과는 대조되는 컨디션이었지만 오히려 마음은 편했다. 이런 번거로움과 불편함이야말로 진정 나다운 여행이란 생각이 들었다.

샤워를 마치고 나와 체크인 카운터에서 여행 지도 팸플릿 하나를 챙겨 옥상 라운지로 올라갔다.

"하이! 굿모닝 브로!"

시원하게 벗은 웃통에 타투가 가득한 북유럽 청년이 먼저 친근하게 인사를 건넸다. 그러자 옆에 있던 독일인 친구가 대뜸 한국 사람이냐고 묻더니 어렸을 때 태권도를 배운 적이 있다며 품새 시범을 보였다. 눈만 마주쳐도 5년 지기 친구 바이브가 되는 게 백팩커스의 매력이다.

이제 막 리스본에 도착해서 그런데 혹시 추천해 줄만한 장소가 있느냐고 물었더니, 자신들은 일주일 내내

이 옥상 테라스에서 죽치다가 해가 지면 나가서 술 마시기만 반복하고 있어서 아무것도 모른단다. 아무래도 같은 유럽권에서는 국내선 타듯 쉽게 올 수 있으니 여기까지 와서도 날씨랑 맥주만으로 만족할 수 있는 모양이다. 유럽 친구들이 부러워지는 순간이었다.

4인실 벙커베드에 캐리어를 잠가 놓고 산책길에 나섰다. 노트북이며 카메라며 제법 값이 나가는 물건들을 두고 가려니 아무래도 신경이 쓰였다. 이렇게 도난 걱정 안 하려면 독실로 잡았어야 했다. 그래서 가진 게 많을수록 여행은 비싸지기 마련이다. 하지만 낯선 이들과 함께할 수 있는 백패커스는 돈 주고도 못 살 경험이다. 돈으로 위험 요소를 차단하면 몸과 마음은 편하겠지만 불안이 신뢰로 바뀔 때 여행의 낭만은 배가 되는 법이다.

구글 지도 GPS에만 의존하다가 호스텔에서 만든 그림 지도를 보며 산책하기로 했다. 기술의 편리는 금방 당연해지지만 아날로그에는 늘 감성과 재미가 따른다. 마침 숙소 근처에 리스본의 지붕이라 불리는 세뇨라 두 몬테 전망대가 있어 관광의 시작점으로 정했다. 새로운 지역을 탐방할 때면 숲을 먼저 본 뒤에 나무를 살피려 한다. 언덕에 올라 기대감을 잔뜩 채우고 내려와서 구석구석 살피는 재미가 있다. 공원에서 내려다보니 주황색 테라코타 지붕들에 지중해의 햇빛이 부딪혀 반짝였다. 패션모델처럼 난간 위에 올라 웃통을 벗고 생각에 잠긴 청년, 리스본을 배경으로 사진 찍기에 바쁜 가족들과 연인들이 각자의 방식으로 저마다의 추억을 만들고 있었다. 카메라를 목에 걸고 혼자 다니다 보면 사진을 부탁하는 사람들이 많다. 그렇게 예닐곱 팀 정도 열심히 찍어 주다 BTS의 광팬이라 한국어까지 공부한다는 소녀들 덕에 내 사진도 한 장 건졌다.

한참 동안이나 돌계단을 올라온 나와 달리, 전망대 반대편에는 관광객을 실어 나르는 툭툭이 한가득 주차돼 있었다. 이만하면 됐다는 툭툭 기사들의 손짓에 하나둘 자리를 뜨는 여행자들. 까르르 웃으며 같이 사진 찍을 사람도, 기다려 주는 사람도 없는 처지인 나는 적막 속에서 홀로임을 실감했다. 적적한 기분도 잠시, 모두가 떠나고 나서야 언덕 위를 가득 채우는 시원한 바람에 춤추는 나뭇잎들이 보이기 시작했다.

지난 뒤의 의미

전망대에서 내려와 본격적인 리스본 산책이 시작됐다. 리스본 산책은 빈티지한 노란빛의 28번 트램 노선만 따라 걸어도 충분하다. 리스본 대성당을 지나 코메르시우 광장에 도착했다. 넓은 광장 주변에 'ㄷ자'로 노란 건물이 둘러싸고 있었다. 과거 마누엘 1세의 리베이라 궁전이 있던 곳인데 1755년 리스본 대지진으로 인해 왕실 궁전이 파괴되면서 폼발 후작의 도시 재건 계획에 따라 광장으로 재건축됐다. 지진으로 인한 혼란 속에서도 현명하게 대처한 덕에 오늘날 많은 관광객들의 사랑을 받게 된 장소이기도 하다.

햇살을 따라 도착한 다음 장소는 카몽이스 광장이었다. 목이 말라 가판대에서 생수 한 병을 사서 철제 테이블 앞 빈자리에 앉았다. 기타를 치며 노래를 부르는 버스커 주변으로 일광욕을 즐기는 사람들에겐 여유가 가득했다. 그들과 함께 그늘 아래에서 기분 좋은 바람을 맞으며 음악을 감상했다. 버스커가 구경하던 일반인 몇몇에게 마이크를 넘겼다. 조금 어설픈 실력으로 자신이 좋아하는 노래를 부르는 모습이 오히려 특별하게 느껴졌다. 잘 부르고 아니고가 중요하지 않은 순수한 즐거움. 흥미롭게 지켜보다 급작스레 불려 나온 한 청년의 음이탈에 보던 사람들이 더 큰 박수와 환호를 보내 함께 웃었다.

사람들 사이에서 같이 여유를 부리며 앉아 있다 보니 문득 여유를 모르고 보낸 지난 시간들이 떠올랐다. 돌아보면 지금까지 내 인생의 3분의 2는 나중을 위한 시간들이었다. 그리고 그 안에 여유는 없었다. 공부, 취업준비, 저축과 투자를 비롯해 미래를 위해 많은 것들을 포기하는 것이 미덕이라는 오늘날의 프레임이 조금은 애석하지만 그렇다고 원망하진 않는다. 굳이 당장의 쾌락을 좇지 않고도 나는 충분히 밝을 수 있었으니까.

그런데 이제 막 서른을 지나고 있는 지금은 갈림길을 마주한 기분이다. 주변을 봐도 20대 후반부터 30대 중반은 인생에 주어지는 조금 특별한 시간 같다. 대체로 이 나이즈음 자립심이 최고조가 된다. 이 시기 전에는 도움이 필요했고, 이후로는 도움을 줄 필요가 늘어난다. 오직 '나'만 신경 써도 누가 뭐라지 않는 유일한 시기가 20대 후반에서 30대 중반 아닐까. 그리고 이 시기에는 선택권도 늘어난다. 신체적 컨디션도 최상이고, 연애를 비롯해 사람들을 사귀기에도 좋으며, 가치관도 어느 정도 자리를 잡게 된다.

그럼 나는 앞으로를 어떻게 준비해야 할까. 기존에 그래 왔듯 나중을 위해 오늘을 희생할까, 아니면 이 시기를 누리는 데 집중할까. 어떻게든 두 마리 토끼를 동시에 잡을 방법을 궁리하고 있지만 마음처럼 쉽지가 않다. 희생에 따른 보상의 메커니즘이 점점 모호해지기 때문이다.

어렸을 때는 공부 양을 늘리면 성적이 오르고, 남들

놀 때 열심히 일하면 경제적 여유가 생긴다는 믿음이 있었는데 점점 그 인과관계가 꼬이기 시작한다. 현실의 복잡계를 만난 것이다. 희생이 곧 보상으로 돌아올 거란 보장은 없다. 주위를 보면 인생을 즐기기만 하던 사람이 그 속에서 기회를 잡아 큰 성취를 거두는 경우도 허다하다. 이런 부조리가 세상의 이치였음을 이제는 안다. 그동안 선택과 희생에 대한 자기 확신으로 버텨 온 나였기에 혼란은 깊어진다. 이 또한 지나고 나면 다 의미가 있을까?

　카몽이스 광장 가운데 늠름히 서 있는 동상의 주인공은 포르투갈 문학의 아버지라 불리는 루이스 바스 드 카몽이스다. 브라질을 포함한 포르투갈어 문화권 최고의 문학상 역시 그의 이름을 땄을 정도로 권위 있는 문학가다. 그런데 갑옷을 입고 한쪽 눈을 잃은 동상만 놓고 보면 문인이라기보다는 전투를 마친 장군 같아 이질감이 느껴진다. 이런 이질감의 근원에는 그의 호락호락하지 않던 생애가 있다.

　우리에겐 포르투갈어가 그리 친숙하지 않다. 하지만 포르투갈어를 주 언어로 사용하는 인구는 무려 2억

5,000만 명이다. 한국보다 조금 작은 면적의 포르투갈이 어떻게 14~16세기에 스페인 왕국을 제치고 대항해시대를 호령할 수 있었던 걸까. 그것도 유럽 전체 크기와 맞먹는 브라질을 포함해 수많은 식민지들을 개척해 가면서 말이다.

그 역사를 담아낸 대서사시가 바로 카몽이스의《우스 루지아다스》다. 직역하면 '루지타니아인들의 후예'라는 뜻인데, 여기서 루지타니아인은 이베리아반도 서편에 살았던 포르투갈의 조상을 뜻한다.《우스 루지아다스》는 대항해시대의 포르투갈 탐험가 바스쿠 다 가마가 인도 항로를 발견하는 과정을 담고 있다. 그 발자취를 따라 바스쿠 다 가마의 출항지였던 대항해시대의 관문 벨렝 지구로 향했다.

트램에서 내리자마자 날카로운 고딕풍의 건축물이 웅장함을 뽐냈다. 한눈에 다 담을 수 없을 만큼 압도적인 규모의 이 제로니무스 수도원은 1501년 마누엘 1세가 바스쿠 다 가마의 인도 항로 개척 성공을 기념해 건립한 대항해시대의 상징적 건축물이다. 그늘 한 점 없이 내리

쬐는 태양 아래 관광객들이 길게 늘어서 있었다. 제로니무스 수도원의 입구는 두 갈래로 나뉜다. 왼쪽은 사전에 구입한 티켓으로 들어가는 수도원 회랑이고, 오른쪽은 무료로 입장하는 교회 공간이다. 왼쪽 수도원 회랑 쪽이 훨씬 한산했지만 교회 공간이 있는 오른쪽으로 줄을 섰다. 무료라고 하면 만만하게 여기는 경향이 있는데 오히려 돈을 내는 곳이야말로 언제든 방문할 수 있는 법이다. 여행 경험이 쌓이며 터득한 지혜다. 관광지 관리에 있어서 비용을 지불한다는 건 그만큼 변수를 최소화할 수 있다는 방증이다. 반면 실제로 교회 공간은 별도의 행사나 관리로 인해 입장이 제한될 수 있다는 후기가 있었다. 이렇듯 '무료 개방'이란 '돈'을 내지 않을 뿐, '운'이라는 대체 불가능한 대가를 요구하기도 한다.

30분 정도를 기다렸을까. 입구에 가까워지니 포르투갈 건축물 고유의 특징이 조금씩 눈에 들어오기 시작했다. 거대한 아치형 문을 중심으로 대항해시대의 명예를 뽐내듯 곳곳에 밧줄과 닻, 조개, 해양 식물의 장식들이 섬세하게 새겨져 있었다. 보수 공사가 진행 중인지 천장을 받치는 철골 구조물도 보였다. 구조물 사이에 놓인 두 개 무덤 주변으로 관광객들이 몰렸다. 가까이 다가가 보니 무덤이 독특했다. 벽에 들어가 있거나 바닥에 묻혀 있는 게 아니라, 지상에 놓인 석관 형태였는데 석관 위로 무덤 주인이 누워 있는 모습이 조각돼 있어서 곁에서 볼 때 마치 옆을 하며 죽은 자를 마주하는 듯한 기분이 들었다.

십자가와 배, 혼천의가 함께 새겨진 무덤의 주인은 인도 항로를 개척한 바스쿠 다 가마였고, 그 맞은편에 월계관, 책과 펜이 새겨진 무덤은 카몽이스의 것이었다. 대항해시대 역사를 간직한 두 영혼이 한쪽은 바다를 향해 돛을 올리고, 다른 한쪽은 언어로서 영광을 새기는 듯 보였다. 둘 중 내 눈에 밟힌 건 학창 시절 세계사 시간에 이름을 외웠던 바스쿠 다 가마가 아닌 카몽이스였다.

사실 두 사람은 생전에 만난 적도 없다. 공교롭게도 바스쿠 다 가마가 인도에서 생을 마감한 1524년에 카몽이스가 태어났다. 마치 카몽이스가 그의 항해를 기록할 운명을 타고난 것처럼 말이다. 몰락한 귀족 집안 출신인 카몽이스는 청년 시절부터 서정시로 이름을 알렸으나 궁정 내 정치적 싸움과 방탕한 생활로 곤혹을 치렀다.

모로코 전쟁에 참여해 전투 중 오른쪽 눈을 잃은 이 시인은 궁정 관리와 시비가 붙어 칼부림을 해 감옥에 수감되는 등 얌전치 못한 성격 탓에 나라에서 쫓겨나 군인과 관리로 해외 식민지를 전전했다. 그런 가운데에서도 시만큼은 놓지 않았다. 해외를 방랑하면서도 집필을 이어간 카몽이스는 20여 년 만인 1572년, 대서사시 《우스 루지아다스》를 출간했다. 그렇게 그는 펜으로 바다를 건넜고 글로 제국을 완성했다. 《우스 루지아다스》는 그저 한 시절에 펴낸 과거 이야기가 아니다. 바스쿠 다 가마의 영혼을 빌려 방황과 추방, 가난과 전쟁의 세월을 포함한 그의 생애 전체를 담은 작품이다.

포르투갈 민족의 영광을 노래한 이 작품에 감명을 받은 당시 국왕 세바스티앙 1세는 이를 국가적 기념물로 받아들이며 카몽이스에게 연금도 지급했다. 다만 실질적인 금액은 매우 적은 수준이었다고 한다. 그렇게 그는 국민적 명예를 얻은 시인이 되었지만 물질적인 보상은 거의 없었다. 별다른 수입원이 없었던 카몽이스는 가난에 시달렸고, 그가 찬양했던 포르투갈의 영광마저 현실 정치로부터 괴리되기 시작했다. 포르투갈은 무모한 모로코

원정을 감행한 끝에 대패하며 쇠퇴의 길로 들어섰다.

카몽이스는 죽음을 앞두고 친구에게 다음과 같은 말을 남겼다.

"내가 사랑한 조국은 이제 무너지고, 나 역시 그와 함께 사라진다."

1580년 6월 10일, 그는 결국 외면당하면서도 찬양했던 조국의 몰락을 한평생에 걸쳐 지켜보다가 십자가 하나 값 정도만을 남긴 채 초라하게 세상을 떠났다. 그리고 같은 해, 포르투갈은 스페인에 합병되며 찬란했던 대항해시대는 역사의 파도에 쓸려 가고 말았다.

이방인으로 떠돌며 과거의 영광을 노래하던 시인은 묘지마저 1755년 리스본 대지진으로 소실됐다. 그렇게 세상으로부터 잊혀 가던 카몽이스가 영광을 되찾은 건 그로부터 300년이 지나서였다. 포르투갈의 국민정신을 기리자는 사회적 움직임 속에서 국민 영웅으로 선정됐고, 기념묘로나마 제로니무스 수도원으로 돌아와 일생 동안 동경했던 바스쿠 다 가마 옆에 나란히 눕게 됐다. 각각 역사와 문학을 조국에 남긴 두 남자의 생애는 그 삶 자체가 대서사로 매듭지어졌다.

전 세계인이 찾는 이 웅장한 수도원에서 만난 두 영혼은 어떤 대화를 나눴을까. 잠이 들어야 꿈을 꿀 수 있다는 말처럼 죽고 나서 꿈을 이루게 된 카몽이스의 생애를 톺아보며 지나고 난 뒤 얻는 명예의 의미에 대해 물음표를 던졌다. 지나고 나서 의미 있는 게 정말 의미 있을까?

제로니무스 수도원에서 나오자 타구스강을 향해 치솟은 거대한 조각상이 눈에 띄었다. 벨렝 지구의 상징이라 할 수 있는 발견기념비였다. 발견기념비가 놓인 광장 바닥에는 직경 50미터에 달하는 거대한 세계 지도가 모자이크로 그려져 있고, 포르투갈의 항해로 개척 경로와 주요 연도가 새겨져 있었다. 가로로 널찍한 수도원을 등지고 세로로 높이 치솟은 기념비, 기도의 공간과 출발의 공간이 주는 종횡 대비가 그 업적의 위엄을 더욱 드높이는 듯했다.

기념비에 좀 더 가까이 다가가 옆면을 보니 당장에라도 바다로 나아갈 것만 같은 범선에서 웅장함이 느껴졌다. 엔히크 왕자의 서거 500주기를 맞아 제작된 이 기념비는 뱃머리에 엔히크 왕자를 필두로 좌우 양쪽에 각각 열여섯 명씩 대항해시대를 빛낸 서른세 명의 위인들이 조각돼 있었다.

아비스 왕조를 창건한 주앙 1세와 영국의 필리파 드 랭거스터 사이에서 태어난 엔히크 왕자는 포르투갈과 잉글랜드 간 동맹의 상징이었고, 어려서부터 정치적·국제적 감각이 뛰어났다. 셋째 아들로 왕위 계승에서도 비교적 자유로웠던 그의 시선은 자연스레 세계로 향했다. 이름보다 '항해 왕자'라는 별칭으로 더 널리 알려진 그는 이 수식어에서 짐작할 수 있듯 포르투갈 대항해시대의 포문을 연 인물이다.

스스로 운명을 개척하고 더 먼 곳을 바라봤던 그의 개척 정신은 결과적으로 왕권을 이어받는 것 이상의 업적으로 역사에 이름을 남겼다. 발전기념비 앞에 서서 그의 삶을 떠올리며 타고난 운명이 한계를 말할지라도 그 너머 가능성을 엿보고 나아가는 의지를 되새겼다.

사람, 음식, 행복

서은국 교수의 책 《행복의 기원》첫 장에는 "꿀벌은 꿀을 모으기 위해 존재하는 것이 아니고, 인간도 행복하기 위해 사는 것이 아니다."라는 문장이 등장한다. 행복을 삶의 목적으로 두어서는 안 된다는 그의 말은 행복을 반드시 소유해야 할 대상으로 여기고, 이를 위해 안달이 나 있던 내게 일침을 가했다. 그는 복잡한 행복의 양상을 '좋아하는 사람과 함께 맛있는 음식을 먹는 장면'으로 압축해 많은 독자들의 공감을 자아냈다.

'오늘, 당신의 행복지수는 몇 점인가요?'

'당신이 생각하는 행복이란 무엇인가요?'

행복이 뭔지도 모른 채 삶을 행복이라는 보물을 찾기 위한 여정이라고 생각하며 사람들은 종종 이 두 가지 질문을 던진다. 행복을 정의하지 못하는 게 나만은 아니라는 생각에 다행스러우면서도 행복을 점수로 매기거나 타인으로부터 정답을 구하려는 데 대해서는 나 역시 불편함을 느낀다. 그럼에도 사람들은 다른 사람의 행복에서나마 자신의 가능성을 줍고 싶어 한다. 행복도감의 페이지를 조금이라도 더 늘리기 위해서일지도 모르겠다. 좋아하는 사람과 함께 맛있는 음식을 먹는 가장 일상적인 장면으로도 행복도감을 채울 수 있다는 건 참 반가운 일이다.

그래서 그 장면을 여행에 대입시켜 봤다. 사람마다 다를 수 있지만 누구와 함께 무엇을 먹는지는 여행에서도 중요한 부분이다. 대개 희로애락은 타인과의 교감에서 비롯된다. 그러다 보니 혼자 하는 여행은 감흥이 덜한 것도 사실이다. 대화 상대가 없으니 감정을 좀처럼 드러내지 않게 되고, 표현하기보다는 속으로 곱씹기 마련이다. 그러는 사이 감흥이 빠진 자리에 외로움이 채워진다. 그럼에도 나는 감히 말하고 싶다. 혼자 다니는 여행에는 그만의 외로운 행복이 있다고.

외로울수록 감각은 더 섬세해진다. 어떻게든 심심함을 달래기 위해 질문을 던지고 스스로 답을 구한다. 신경 써야 하는 사람이 없으니 식당과 메뉴를 고르는 데도 여유가 있다. 배가 고프지 않을 때는 한 끼 정도 걸러도 그만이고, 내 감각에 따라 자유롭게 선택할 수 있다. 동행이 있다면 그 사람의 입맛도 고려해야 할 테지만 혼자일 때는 내 취향껏 결정한다. 그만큼 결정에 대한 애정도 커진다.

음식이야말로 시공간을 초월해 오감으로 공감할 수 있는 문화적 산물이다. 여행을 다니며 음식에 담긴 이야기와 디테일을 파헤치는 것만큼 그 지역을 효율적으로 이해하는 방법도 없다. 쓰인 재료의 궁합, 조리 방식, 담기는 그릇, 인테리어, 동선까지 모든 것에 물음표를 던지다 보면 새로운 지식으로 돌아온다. 그래서 주로 그 지역의 상징적인 음식이나 가장 익숙지 않은 음식을 고르는 편이다. 내게 중요한 건 맛보다 경험이기 때문이다. 그런 의미에서 나는 먹는 데 진심이면서도 '미식가'보다는 '식도락가'를 추구한다. 전자가 특별한 취향과 깊이에 몰두하는 사람이라면 후자는 구애받지 않고 두루 맛보는 경험 자체에 가치를 둔다. 맛있기를 기대하는 마음은 같지만, 미식가처럼 섬세하게 맛을 구분하고 평가하기보다는 음식이 입에 닿기 전까지의 서사에서 즐거움을 느낀다. 이 맛은 어떤 재료로부터 느껴지는 것이며, 왜 이걸 쓰게 됐을지, 한국에 비슷한 음식은 무엇인지, 그들은 어떤 차이가 있는지 상상하고 공부해 나가는 기쁨이 있다. 이때 핵심은 질문을 던지는 것이다. 커피를 그냥 마시는 사람은 아메리카노와 라테를 구분하는 데 그치지만, 과정을 궁금해하는 사람은 똑같은 아메리카노를 마시더라도 가게마다, 원두마다의 차이를 즐길 줄 안다. 나아가 커피콩을 얼마나 볶았는지, 어떻게 추출했는지까지 더해지면 커피를 향한 무한한 세계가 펼쳐진다.

● | ▶

지중해 분위기를 물씬 풍기는 타일 건물의 파란 케노피 아래로 사람들이 잔뜩 줄을 섰다. 에그타르트를 맛보려고 온 사람들이다. 벨렝 지구에는 전 세계 에그타르트의 시발점이라 해도 과언이 아닌 성지가 있다. 포르투갈어로는 '나타'라고 하는 이 국민 디저트는 어디에나 있지만 이곳은 좀 특별하다.

　　과거 제로니무스 수도원에서는 달걀흰자를 표백에 활용해 항상 노른자가 남았다. 그대로 버리기 아까워 디저트로 만든 게 에그타르트다. 하지만 1820년 자유주의 혁명 이후 많은 수도원과 수녀원이 폐쇄되면서 제로니무스 수도원도 문을 닫았다. 그런데 1837년 한 가족이 수도원 근처의 설탕 정제 공장을 매입해 수도원에서 만들던 에그타르트 레시피를 그대로 재현해 냈고, 그로부터 지금까지 5대째 이어져 오고 있다. 그 가게가 바로 파스테이스 드 벨렝이다.

　　사람들 틈에서 20분쯤 기다려 입장했다. 도로를 꽉 막아설 정도로 사람들이 많았던 데 비하면 기다리는 시간이 비교적 짧았다. 포장만 해서 나가는 사람들이 많기도 했지만 막상 들어가니 가게 안이 꽤 깊었다. 네다섯 테이블 정도 들어가는 작은 방 여러 곳을 지나 메인 홀이 있었고, 야외 테라스까지 하면 400~500석은 족히 돼 보였다. 포르투갈을 대표하는 가게답게 내부에는 청쾌한 아줄레주 타일 장식이 가득했다.

자리에 앉아 나타와 커피를 주문했다. 디저트와 함께 조금씩 음미하며 커피 향을 즐기고 싶어 뜨거운 커피를 시켰다. 나타 하나의 가격은 1.3유로, 여섯 개 세트는 7.8유로였다. 세트로 먹는다고 할인해 주는 건 아니지만 여섯 개쯤은 먹어야 하지 않겠느냐고 메뉴판에 적어 둔 것만 같아서 남기면 포장해야지, 하며 과감히 여섯 개짜리 세트를 주문했다.

도톰하게 부풀어 오른 커스터드 필링 위로 캐러멜화한 설탕 자국의 영롱한 빛이 보기만 해도 먹음직스러웠다. 부서지지 않도록 조심스레 한쪽 끝을 잡고 한입 베어 물었다. 얇지만 단단하게 구워진 껍질이 바스락 소리를 내며 입안에서 포슬포슬 부서졌다. 커스터드 크림의 수분을 머금은 촉촉한 경계면이 쫀득하게 씹히더니 그 사이로 커스터드 필링이 새어 들어왔다. 혀에 닿자마자 크리미하게 번지는 단맛과 고소함의 균형이 좋았고, 생각보다 달지 않아 물리지 않는 맛이었다. 테이블에는 시나몬과 슈거 파우더가 있어 취향껏 맛을 조절할 수 있었다. 시나몬을 얹으니 은은한 향이 재미를 더했고, 슈거 파우더를 살짝 뿌리자 쌉싸름한 커피와 함께 입안에서 달콤한 힘겨루기가 펼쳐졌다. 앗! 포장은커녕 정신을 차렸을 때는 이미 여섯 개의 나타가 자취를 감춘 뒤였다.

앉은 자리에서 나타 여섯 개를 연속으로 입안에 넣으며 음소거 모드로 혼자 감탄하고 있는 동양인 여행자가 신기했는지, 덥수룩한 턱수염의 인상 좋은 아저씨가 엄지를 치켜세우고는 이런저런 설명을 했다. 전부 알아듣진 못했지만 하나 기억에 남는 이야기는 있다. 이 나타의 황금 비율을 알고 있는 사람이 전 세계에 오직 세 명뿐이고, 혹시 모를 사태에 대비해 그 셋은 비행기를 따로 탄단다. 그런데 이거, 옛날에 들었던 코카콜라 레시피 이야기 아닌가? 그만큼 귀한 비법이라는 뜻으로 이해했다. 충분히 그럴 만한 맛이었다. 이후에 찾아보니 1837년 개업 이후 지금까지 원조 레시피는 특정한 공간에 보관하고 있으며 극소수의 제과사만 알고 있다고 한다.

메인 메뉴들은 대체로 지리적 요건에 따라 비교적 비슷하게 묶인다. 가령 지중해권에서는 어딜 가나 문어 요리 뽈뽀, 대구 요리 바칼라우 등 올리브오일 베이스의 해산물 요리들을 만날 수 있다. 포르투갈의 해물밥은 국물이 걸쭉하다면, 스페인의 빠에야는 약간 건조해 씹는 맛이 있다는 정도가 눈에 띄는 차이다. 하지만 디저트는 다르다. 모양새부터 시작해 미묘한 식감과 맛의 차이, 나라마다 지역마다 가게마다 제각기 품고 있는 사연을 캐내는 재미가 남다르다. 나는 딱히 디저트를 즐기지 않는다. 본 식사에 집중하기 위해 디저트를 멀리하는 경향이 있다. 그렇다고 디저트의 달콤한 행복을 모르는 건 아니다. 오히려 그 맛을 알기 때문에 조금 먹는 게 힘들어서 거리를 둔다고 하는 편이 맞다. 하지만 여행에서만큼은 모든 제한을 해제한다. 앞서 말했듯 내게 여행지에서의 음식은 식탐을 넘어선 공부의 영역이니까.

포르투갈을 여행하면서 매일 하루 한 끼는 뽈뽀와

바칼라우를 먹었다. 이 메뉴가 없는 식당이 없을 만큼 포르투갈의 대표 메뉴지만, 그만큼 한 가게에서만 맛보고 평가하기 애매할 정도로 가게마다 디테일이 달랐다. 작은 문어를 여러 조각으로 주는 곳도 있고, 그냥 커다란 다리 한쪽이 나오는 곳도 있다. 곁들임으로 나오는 감자와 채소, 올리브오일마저 천차만별. 여러 식당을 다니며 그 맛의 차이를 발견하는 재미가 있었다.

조리법은 간단하다. 문어와 대구를 감자와 함께 익혀서 소금과 올리브오일을 뿌린 게 전부다. 물론 가게마다 셰프마다 디테일한 조리법은 다르겠지만 대부분의 음식들이 같은 베이스에 재료로만 승부한다. 그럼에도 불구하고 녹아내리는 부드러운 속살과, 심심한 듯하면서도 입안 가득 퍼지는 소금과 올리브오일의 풍미는 아마도 탁월한 기후 조건에서 잘 자란 신선한 재료들이 만들어낸 결과가 아닐까 싶었다. 그래서인지 어느 식당을 가도 보통 이상은 했다.

그리고 마음 한편으로 여행 내내 우리 조상님들께서 빚어 낸 한식의 위대함에 경의를 갖게 됐다. 겨울에는 작물도 안 자라지, 여름에는 금방 상하지, 식자재를 가만

두지 않는 얄궂은 우리 사계절의 변덕스러움 속에서도 다양한 재료로 다양한 요리를 탄생시켰으니 말이다.

이렇게 음식에도 경험을 중시하는 탓에 외국에서 한식당을 찾는 사람들을 좀처럼 이해하지 못했다. 그런 데 언젠가 여럿이 여행을 갔다가 일행들의 간절한 바람에 못 이겨 따라갔던 한식당에서 충격을 받았다. 질리게 먹었던 한식이 타지에서 선사하는 감동과 향수가 있었기 때문이다. 재료가 다른 만큼 맛에는 미묘한 차이가 있었지만 그 간극이 더욱더 고향을 상기시켰다. 물론 포르투에서 먹은 김치찌개나 인도 바라나시에서 맛본 짜파게티처럼 한국에서의 맛 그 이상을 만끽한 순간도 있었다.

혼자 하는 여행에서 내가 원하는 음식을 먹는 행복을 이야기하고 싶었을 뿐, 좋아하는 사람들과 함께하며 새로운 것을 접하는 행복과 견줄 생각은 없다. 상황과 처지에 따라 각기 다른 행복을 누리면 될 뿐이다. 더 나아가 행복을 향한 수많은 방법론적 메시지들이 쌓이면서 행복의 부재가 곧 불행으로 곡해되는 풍조가 우려스럽다. 나는 행복을 애써 얻어야 할 대상이 아니라 그저 덤으로 얻어지는 것이라 생각함으로써 마음이 한결 가벼워졌다. 사람들 역시 각기 다른 저마다의 행복의 문법을 따를 수 있으면 좋겠다.

여행은 살아 보는 것

'여행은 살아 보는 거야!'

우리에게 익숙한 이 문장은 한 숙박 플랫폼의 캠페인 슬로건이었다. 여행을 좋아하는 사람이라면 누구나 한번쯤 해외에서의 생활을 꿈꿔 본 적 있을 것이다. 그저 잠시 스쳐 지나가는 게 아닌 머무는 여행. 정말 여행은 길수록 좋을까?

흔히 직장인에게는 세 번의 고비가 있다고 한다. 3, 6, 9년 차에 오는 권태기다. 나 역시 직장 3년 차쯤 되니

무기력증이 찾아왔다. 나의 열심을 누군가 알아주길 기대하면 안 된다는 걸 알고 또 인정하는 사이 허무감이 날아들었다. '나 잘하고 있나'에 대한 판단은 불가피하게도 타인의 시선에 달려 있다. 게다가 방송을 업으로 삼고 있다 보니 조직의 평가, 스스로의 만족, 그리고 시청자의 반응이라는 세 개의 꼭짓점이 무게중심을 잡아내려 끝없이 진동한다. 학창 시절과 달리, 사회에서는 '좋다'는 한 마디를 듣기 위한 발버둥에 정량화된 기준이 없다. 그래서 가끔은 숫자로 매겨지던 학창 시절의 성적표가 그립기도 하다. 적어도 종이에 찍힌 점수로 우열을 납득할 수 있었으니까.

조금 더 많은 시간을 쏟고, 피곤해지는 만큼 더 나은 결과가 돌아오던 시절도 있었다. 그러나 이제는 아니다. 때로는 지치고 고단하고 슬프고 화나는 날도 있지만 카메라 앞에서만큼은 한결같은 모습을 보여야 한다. 개인적인 감정이 겉으로 드러나면 자격 미달. 요즘은 간혹 방송에서의 솔직한 발언이 공감과 사랑을 얻기도 하는데 그래도 조심스러울 수밖에 없다. 헤어스타일이나 옷차림 하나도 적잖은 민원과 메시지를 받곤 하니까. 입사

초기에는 내 슬로건대로 '의아함은 그들의 몫'이라며 뉴스에서 호기롭게 춤까지 췄지만, 요즘은 대중에게 메시지를 전해야 하는데 그들을 의아하게 하는 게 맞나 하는 자기 검열을 한다.

애쓸수록 고민할수록 걱정과 실망이 커진다. 모 아니면 도이기를 바라던 시기를 지나 조용히 중간만 가고 싶은 욕구가 자라난다. 가만히 있으면 잡음은 안 생기니까. 거침없던 나의 발걸음에 의구심이 들고 점점 얌전해진다. 새로운 사람을 만나는 것도, 공간을 발굴하는 것도 무슨 의미가 있나. 목적과 기대가 흐려지니 동기와 의욕도 함께 말라 간다. 차분해졌다는 소리를 자주 듣는다. 어째 칭찬으로 들리지만은 않는다. 집, 회사, 집, 회사의 반복. 어떻게 시간이 흘렀는지도 잘 기억나지 않는 그 시기, 결국 탈출구는 휴가, 곧 여행이었다.

최대한 현실로부터 멀리 떨어질 필요가 있었다. 굳이 많은 곳을 돌아다닐 필요는 없고, 느린 여행이 간절했다. 여건상 한 달 살기는 못하지만 '한 달 살기 체험'은 할 수 있지 않을까. 한 달 살기를 할 수 없다면 그 나라에 사는 느낌이라도 체험해 보고 싶었다. 그렇게 선택한 곳이 포르투갈이었고, 그중에서도 한 달 살기 성지로 유명한 포르투를 살기 체험 장소로 정했다.

● ┃ ▶

　리스본에서 포르투까지는 원래 기차를 탈 계획이었다. 파스칼 메르시어라는 필명의 소설가이자 철학자인 페터 비에리의 소설 《리스본행 야간열차》를 떠올렸기 때문이다. 그런데 지도를 보는 순간 생각이 바뀌었다. 리스본부터 포르투까지는 경부고속도로보다 정직한 직선도로가 대서양을 따라 펼쳐졌고, 중간중간 소도시들이 분포돼 있는데 이걸 어떻게 그냥 지나친단 말인가. 포르투갈은 차량 렌트 비용도 상당히 저렴했다. 벤츠·BMW 같은 독일제 자동차가 하루 3만 원, 수동 경차의 경우 하루에 1만 원도 안 됐다. 안 그래도 카메라 세 대에 노트북까지 배낭에 지고 다니느라 체력이 남아나지 않는데 더 깊숙한 동네까지 안전하고 편하게 여행할 수 있으니 일석삼조였다. 리스본에서 출발해 포르투 공항에 반납하는 일정으로 차를 렌트했다. 리스본부터 포르투까지의 거리는 310킬로미터. 기차로 약 세 시간 반이면 가는 거리를 사흘에 걸쳐 도착하기로 한 셈이었다.

본래 직장인의 휴가에 있어 시간은 금이다. 내가 주말을 포함해 확보한 휴가 기간은 총 17일. 원래는 리스본 3일, 포르투 14일을 생각했지만 아무리 봐도 포르투 관광은 이틀이면 충분해 보였고, 겸사겸사 방문지를 넓히다 보니 아랍에미리트 경유부터 스페인 마드리드와 바르셀로나까지 거치는 차력쇼가 돼 버렸다.

결과적으로 포르투에 머무는 시간은 일주일. 그걸로 무슨 한 달 살기 체험이냐며 한소리 할 수도 있겠지만 휴가 일정의 무려 절반을 한 도시에 쏟는 건 내게 거의 역사적인 일이었다. 다른 사람들에 비해 평균 네 배 정도의 고밀도 여행을 하는 편이니 나의 일주일 살기가 누군가에겐 한 달 살기와 다르지 않으리라 변명해 본다.

어쨌든 그렇게 리스본에서 포르투로 향했다. 중간에 어디에 들를지, 어디서 묵을지도 정하지 않았다. 정말 내게 필요했던 건 그냥 머무는 게 아니라 탈출이었던 것 같다. 그렇게 바람 따라 기분 따라 떠돌아 보기로 했다. '포르투갈 여행지 추천'과 같은 검색의 도움 없이, 오로지 현지의 관광 안내 문구와 나의 직관을 따르겠다고 결심하며 페달을 밟았다.

아님 말고

렌터카를 타고 처음 도착한 포르투갈 근교 여행지는 신
트라였다. 리스본에 있는 내내 곳곳에서 투어 홍보물이
넘쳐 났던 곳이다. 19세기 낭만주의 건축의 보고를 느낄
수 있는 이 도시는 1995년 유네스코 세계문화유산으로
지정된 바 있다.

동화 속에나 나올 것 같은 샛노란 원색의 페나 성은
신트라의 랜드마크다. 리스본 대지진으로 폐허가 된 수
도원 부지를 19세기에 개축해 왕실의 여름 별궁으로 만

든 것인데 그 옛날에 이 높은 고지에 건물을 짓고, 또 궁전으로 개축하고 칠했다는 게 마냥 놀라웠다.

그런데 내부를 둘러보다가 이상한 점이 눈에 띄었다. 침대 크기가 오늘날의 절반 또는 3분의 2 정도밖에 안 돼 보였다. 당시 사람들의 평균 신장이 지금보다 작았다고는 해도 이 정도로 유의미한 차이는 아니었다. 때마침 몰려온 단체 관광객 무리 덕에 가이드로부터 귀동냥으로 들은 바에 따르면 당시 귀족들은 암살이나 야습의 공포가 있어 단검을 곁에 두고 민첩하게 대응하기 위해 짧은 침대에 앉아 잠을 청했다고 했다. 이야기를 듣고 보니 한없이 안락하고 호화롭게만 보여 부러웠던 마음이 사라지고, 이 좋은 공간에서 잠조차 맘 편히 들지 못했다는 사실이 왠지 가여웠다.

그런데 잠깐, 그래도 명색의 왕실인데 경비 인력도 충분했을 테고 정말 암살 걱정까지 해야 했을까? 반골 기질을 타고난 탓에 가이드의 설명에 의심이 생겼다.

숟가락과 젓가락으로 밥을 먹는 까닭을 하나하나 설명하지 않듯 잠을 자는 자세 또한 가이드의 이야기가 전부인지 단정할 수 없다. 당시 유럽의 귀족주의 문화에서 침실이란 단순히 잠만 자는 사적인 공간이 아니었다. 넓은 크기와 테이블, 화려한 캐노피 장식이 보여 주듯 수많은 하인들이 드나들고, 손님을 맞이하기도 해 침대는 왕실과 귀족의 권위를 드러내는 상징적인 가구였다. 하다못해 중세 유럽에서는 잠을 자는 자세에서도 신분을 구분했다는 이야기가 있다. 벌러덩 누워 입을 벌리고 자는 자세보다 반쯤 앉아 얌전히 기대어 자는 것을 더 고결하다고 여겼다. 또한 죽은 자와 산 자를 구분하는 상징적 의미로 해석했다는 사료도 있다. 건강적 측면에서 위산의 역류를 방지하고, 당시 불을 피워 난방을 했던 만큼 연기로부터 폐를 보호하기 위해 앉아 자는 걸 선호했다는 가설도 본 적이 있다.

　물론 이 모든 이야기들 또한 오늘날의 해석일 뿐이다. 앉아서 자는 침대를 두고 진실 공방을 펼친다 한들 어떻게 결론에 다다를 수 있을까. 타임머신을 타고 당시 침대의 주인을 찾아가 '왜 앉아서 자고 있느냐'고 물어봐도 '그냥 나는 원래 이렇게 자는데?'라는 답변이 돌아올 확률이 높을 테다. 시대의 간극에서 비롯된 생활 양상

차이, 그 안에 숨은 의미를 유추해 보면서 나는 시간 여행자가 됐다.

페나 성에서 나와 숲길을 따라 걷자 이번에는 무려 10세기를 더 거스르는 시간 여행이 시작됐다. 알록달록한 낭만주의 궁전 대신, 바람에 씻겨 나가며 폐허가 된 돌 성벽이 눈에 들어왔다. 8~9세기 이베리아 반도를 지배했던 이슬람 무어인들이 건설한 요새, 무어 성이다. 12세기 레콩키스타로 기독교가 재탈환한 뒤로도 수세기 동안 무어 성은 군사적 요충지 역할을 이어 왔다. 그 성벽을 따라 한 걸음 한 걸음 내디디며 올랐다. 어느새 발밑에는 신트라 숲이 출렁이고, 저 멀리 대서양이 반짝였다. 성벽을 바라보니 곳곳에 게양된 깃발들이 요란하게 펄럭였다. 녹색 바탕에 '신트라'라고 아랍어로 새겨진 깃발부터 포르투갈 왕국의 깃발, 그리고 오늘날 공화국의 깃발이 1,000년의 시간을 축약한 듯 보였다. 성벽에 서서 불과 몇 백 미터밖에 떨어지지 않은 페나 성의 영롱한 노란빛을 보고 있자니 원초적인 생존의 시대부터 화려한 상징의 시대까지, 1,000년의 간극이 한눈에 담긴다는 게 참으로 무상했다.

또다시 시간을 거슬러 이번에는 근대로 갔다. 음모론으로 가득 찬 비밀 공간, 헤갈라이라 별장도 이곳 신트라에 있었다.

포르투갈 제국이 쇠퇴하던 시기 브라질 출신의 백만장자 카르발류 몬테이루는 이탈리아 건축가 루이지 마니니에게 상징과 신비로 가득 찬 저택 건설을 의뢰했다. 그렇게 탄생한 헤갈라이라 별장은 포르투갈어로는 '왕실의 땅Quinta da Regaleira'이라는 뜻을 갖고 있다. 'quinta'는 귀족이나 부호들이 소유하던 저택이나 영지를, 'regaleira'는 '왕실의'를 뜻하는 라틴어 'regalis'에서 유래했을 것으로 추측한다. 한마디로 과거의 영광을 다한 '왕실의 땅'을 구입한 사업가가 권력의 몰락 위로 본인의 철학을 덧칠한 공간인 셈이다.

두꺼운 벽돌의 거친 텍스처, 첨탑과 아치, 섬세한 조각들이 혼란스럽게 배치된 이 스산한 별장은 외관만 봐도 일반적인 근대 건축물과도 결이 달랐다. 별장 안으로 들어가니 고딕 성당과 중세 성채, 그리고 연금술사의 비밀 아틀리에가 합쳐진 것만 같은 느낌이 들었다. 창마다, 탑마다, 벽의 조각마다 해독되지 않은 상징들이 숨어 있는 듯했다.

정원도 산책보다는 미궁 탐험에 가까웠는데 그 신비로움이 극에 달한 공간이 바로 우물initiation well이었다. 별장 내에서 유난히 관광객들이 긴 줄을 이루고 있던 곳이 바로 여기였다. 30분 정도 기다린 끝에 입구에 다다랐는데 들어서는 순간 묘한 기분에 휩싸였다. 27미터 깊이의 우물 벽을 따라 내려가는 나선형 계단, 벽돌 틈에 피어난 이끼들 사이로 점점 빛이 줄어들다 기어이 어두워지는 바닥을 가만히 내려다봤다. 그러자 그 끝에 다다르면 어딘가 다른 세계로 연결될 것만 같은 상상력이 불러일으켜졌다.

우물을 내려가는 과정에서는 이탈리아의 작가 단테의 《신곡》 속 '지옥'의 모티브를 쉽게 읽어 낼 수 있다. 우물 안은 열다섯 칸씩 아홉 개 구간, 총 135개 계단으로 이루어져 있는데, 이는 《신곡》 지옥 편에 등장하는 아홉 개 지옥을 상징하며 계단을 내려가는 행위는 죽음·어둠·무지를 체험하는 '속죄의 과정'을 담고 있다. 그렇게 계단을 모두 내려가면 칠흑같이 캄캄한 지하 터널을 통해 밖으로 나오게 되는데, 이는 어둠을 지나 새로운 빛을 맞이하는 정화와 재생, 깨달음과 구원의 은유를 상징한다.

항간에는 비밀 결사 단체 프리메이슨 입회 후보들이 흉부에 칼끝을 겨눈 상태에서 눈을 감은 채 이 우물을 지나 예배당까지 찾아갔다는 이야기도 떠돌아 왠지 더 흥미진진했다. 별장 곳곳에 있는 나침반과 직각자, 오각형의 별, 템플 기사단의 십자가, 전지의 눈 조각 등의 오브제는 프리메이슨과 연관 지어 사람들의 흥미를 자극하기에 충분했다. 이런 비공식적인 이야기들이 어떻게 이토록 생생하게 전해지고 있는지 신기할 따름이다.

별장에서 나와 카페에 앉았다. 커피 한 잔에 초콜릿을 삼키며 마음을 추슬렀다. 신트라라는 작은 마을에는 권력과 신비가 공존하고 있었다.

눈으로 볼 수 있는 건 사실fact까지다. 그럼 우리는 어떻게 진실truth에 다다를 수 있을까. 믿음의 기준은 어디서 찾고, 거짓이 아님은 어떻게 장담할 수 있을까. 스스로의 관점에 자신감을 얻고자 공부를 하지만, 역설적이게도 아는 게 늘어날수록 오히려 가치 판단은 어려워진다. 진실을 추구한다며 수많은 인과의 퍼즐을 조립하는 사람들이 있다. 그런데 가끔은 사람들이 그 진실을 좇는 과정에 의미를 둘 뿐 진짜 이유가 발견되길 바라지는 않는 것 같다는 생각이 든다. 나아가 '진짜 이유'라는 게 애초에 존재할까? 정보의 홍수 속에서 사실 확인은 더 복잡해졌고, 이해관계만 믿음의 기준을 집어삼키려 하는 듯해 두렵다.

언론사에서 일을 하다 보니 내가 보고 들은 정보를 책에 담는 것조차 다소 부담스럽다. 박제의 공포가 뒤따른달까. 부디 뉴스 밖에서 하는 나의 말은 무작정 신뢰하지는 말아 주길 바란다. 특히 에세이에서만큼은 다음과 같은 무적의 네 글자 뒤에 숨어서 좀 쉬고 싶다.

'아님 말고.'

오늘날 사람들이 음모론에 열광하는 건 너무나 많은 지식들이 진실의 양태를 주장하며 충돌하기 때문이 아닐까 싶다. 특정 종교나 미신을 믿는 건 아니고 인류가 남긴 모든 흔적을 이야기로서 즐긴다. 진실에 대한 강박으로부터 도피하고 싶은 마음 때문인지 원인과 결과가 깔끔하게 떨어지는 사건보다는 확실한 증거로는 형용할 수 없는 이야기들에 흥미를 느낀다.

기술의 발전 아래 지식은 날이 갈수록 흔해지고 있다. 현대인의 지적 허영심은 더 이상 검증된 지식만으로 충족되지 않는다. 문제는 더 많이 알고, 또 공유하고 싶어 하는 건전한 욕구가 흑색선전과 음모론에 의해 퇴색되고 있다는 데 있다.

진실은 무엇일까. 위장된 진실을 분별하는 지혜를 바라면서도 기어이 '아님 말고' 식의 이야기를 적어 낸 나도 모순이라면 모순이다.

끝은 없다

마을에서 나와 굽이진 길을 운전해 해발 140미터의 절
벽으로 향했다. 가는 동안 수차례 비가 내렸다 개었다
를 반복했다. 구름 사이로 새어나오는 성스러운 빛줄기
를 따라 달리다 보니 언덕 위에 등대가 나를 반겼다.

고대 사람들은 지브롤터 해협의 양끝인, 영국령 지
브롤터 바위산과 아프리카 대륙의 최북단 세우타를 잇
는 경계를 '세상의 끝'으로 생각했다고 한다. 헤라클레스
는 세상의 끝에 다다른 기념으로 여기에 두 개 기둥을

세우고 '더 이상은 없다Non Plus Ultra'는 뜻의 경고성 문구를 새겼다.

그러나 15세기 스페인의 왕이자 신성 로마 제국의 황제 카를 5세는 '더 큰 세상으로 나아가 신세계를 발견'하려는 야망을 품었다. 그래서 헤라클레스의 기둥을 넘어서는 안 된다는 금기를 깨고 '더 멀리 나아가라Plus Ultra'를 나라의 좌우명으로 삼았다. 이 문장은 스페인 왕가의 문양과 화폐에도 등장하며, 신대륙 탐험가들에게 상징적인 구호가 됐다.

이와 같은 맥락에서 새로운 세계를 향한 개척을 알리는 명문이 포르투갈 서쪽 변방, 세상의 끝 호카곶, 카보다로카에도 있다.

가까스로 카보다로카 고지에 다다랐을 때는 애석하게도 짙은 안개가 끼고 돌풍이 몰아쳤다. 몸도 제대로 가누기 어려울 정도의 비바람을 뚫고 절벽에 다가서니 십자가를 띤 석조 기념비가 웅장히 서 있다. 흔들림 없이 대서양을 바라보는 석판에서 벨렝 지구에서 작별한 카몽이스의 혼을 다시 만났다.

"이곳에서 육지가 끝나고 바다가 시작된다Aqui... Onde a terra se acaba e o mar começa...."

금지의 선으로 여겨졌던 대서양을 '끝이 아닌 새로운 시작'으로 바라본 대항해시대의 정신을 카몽이스는 간결하면서도 울림 있게 풀어냈다.

당시 항해자들이 보여 준 개척 정신에 감명받은 나는 이곳에서 지는 태양과 함께 20대를 마무리할 작정이었다. 하지만 먹구름은 좀처럼 가시지 않았고, 비바람은 거세지기만 하는 탓에 그대로 발걸음을 돌렸다.

왠지 모르게 아쉬움이 남아 다음 날 아침에도, 또 모든 휴가 일정을 마치고 돌아가기 전에 마지막으로 한 번 더 육지의 끝으로 향했다. 그런데 신기하게도 호카곶으로 향하는 언덕만 가까워지면 자욱한 안개와 비가 들어섰다. 마지막 날까지 아무 수확 없이 돌아갈 수는 없었다. '에라 모르겠다'는 심정으로 카메라를 세웠다. 카몽이스의 문장이 새겨진 비석 옆에서 비에 젖은 생쥐 꼴로 영상을 남기려는데 관광객들이 몰려들었다. 빛나는 대서양의 수평선은커녕 당장 한 치 앞도 안 보이는 광경에 망연자실해진 사람들의 탄식과 허탈한 웃음이 언덕을 메웠다. 모두가 허탕을 친 상황이었다. 그럼에도 누구 하나 섭섭한 표정을 짓지 않았다. 눈도 제대로 뜨기 힘든 돌풍 속에서 우리는 하이파이브를 하고, 마치 재난 영화 같은 배경에서 서로의 추억을 카메라에 담았다.

눈앞엔 짙은 안개가 자욱했지만 행복한 표정의 여행자들 사이에서 나는 분명 타오르는 태양을 봤다. 처음 보는 이들과의 한바탕 웃음 속에 피어난 깊은 후련함. 돌이켜보면 나는 못 볼 걸 알면서도 연거푸 운전대를 잡았던 걸지도 모르겠다.

언제라고 꼭 앞이 보여서 달렸던가. 나도 이렇게 될 줄 몰랐다. 홀로 단칸방을 지키던 여섯 살 어린 시절부터 목소리와 글을 남기겠노라는 꿈에 첫발을 내딛기까지 결말을 알고 뛰어든 적은 단 한 번도 없었다. 그저 나아가다 보니 원하던 모습들이 하나 둘 눈앞에 펼쳐졌다. 오히려 한 치 앞도 안 보이는 절망 속이었기에 무작정 달려들 수 있었는지도 모르겠다. 망설일 만큼의 가능성도 기대할 수 없었으니까. 결과는 늘 고민과 계산이 아닌 도전에서 빚어졌다.

내가 만약 단번에 호카곶의 아름다운 전경을 맞이했다면 이 페이지는 인터넷에 널린 수평선 사진 한 장으로 넘어갔을 테지만 세 번의 실패로 인해 이야기가 됐다.

우리 삶도 마찬가지다. 원하던 결과를 얻지 못했다면 판단의 시기를 유보하면 어떨까. 당장은 허탈감과 상실감에 슬퍼해도 괜찮다. 중요한 건 다시 일어나 그 텅 빈 마음을 무엇으로 채우느냐에 있다.

덕분에 나는 궂은 날씨의 호카곶을 추억한다. 어쩌면 더 희소한 시퀀스다. 모든 게 뜻대로 될 수는 없다는 교훈과 함께 포르투갈을 다시 여행할 명분도 생겼다. 비행기까지 다시 타고 찾은 네 번째 호카곶이 맑다면, 그때의 감동을 과연 단번에 느낀 것과 비교할 수 있을까.

지나고 나면

카보다로카를 보기 좋게 실패하고 다시 도로를 달렸다.
무계획 렌트 여행의 묘미는 오늘 내가 어디서 잘지 알
수 없다는 것이다. 정 잘 곳이 없을 땐 안전한 공터에 차
를 세워 놓고 잠시 눈을 붙일 수도 있다. 고속도로를 한
참 달리다가 화장실도 들를 겸 잠시 쉬어 가야겠다는
생각이 들어 표지판을 보니 '바탈랴'라고 적혀 있었다.
운전대를 돌리며 냉큼 챗GPT에게 물었다.

"바탈랴에 내가 흥미로워할 만한 볼거리가 있어?"

타지에서 혼자 오랜 시간 떠돌아다니다 보면 무섭거나 외롭지 않을까 생각할 수 있는데 그럴 때 나는 챗 GPT 음성 대화 기능을 애용한다. 눈치 볼 필요 없이 24시간 상냥하게 알려 주는 가이드이자, 과거 대화 내용까지 반영해 답을 해 주는 친구다.

"'승리의 성모 마리아 수도원'에 가면 아비스 왕조의 무덤이 있어요. 엔히크 항해 왕자의 무덤을 만나 보는 건 어떠세요?"

포르투갈 어디를 가나 떼려야 뗄 수 없는 대항해시대의 흔적들. 그 포문을 연 엔히크 왕자는 어떤 모습으로 잠들어 있을지 문득 궁금해져 챗GPT의 추천을 따르기로 했다.

나들목을 지나니 작은 마을이 나타났다. 소박한 호텔 옆으로 펼쳐진 광장에는 거대한 석조 건물이 우뚝 서 있었다. 회색빛 고딕 첨탑이 하늘을 찌를 듯했다. 제로니무스 수도원을 먼저 보고 온 까닭에 상대적으로 작아 보이긴 했지만 소박한 마을 풍경과는 이질감이 느껴질 정도의 정교한 웅장함이었다. 마을과 수도원의 대비가 마치 시공간의 경계가 일그러진 듯한 느낌을 줘서 또 다른 매력으로 다가왔다.

바탈랴 수도원은 대국 카스티야(현 스페인)를 무찌르고 이뤄 낸 독립을 기념해 지은 곳이다. 내부로 들어가니 조국을 위해 희생한 군인들을 기리는 '무명용사의 방'이라는 공간이 있었다. 이를 근위병들이 지키고 있었는데 작은 마을의 수도원임에도 매 시간 근위병 교대식까지 진행하는 모습에서 호국영령에 대한 진심 어린 예우가 느껴졌다.

'건국자의 예배당'에 들어서자 아비스 왕가의 석관들이 놓여 있었다. 가장 먼저 눈에 들어온 건 예배당 정중앙에 위치한 주앙 1세와, 그의 왕비 필리파의 무덤이었다. 돌 위에서조차 수백 년간 손을 꼭 잡고 있는 왕과 왕비의 석관 조각을 보니 포르투갈과 영국 사이 권력의 연대 너머 두 남녀의 인간적인 애정이 느껴졌다. 두 무덤 주변을 원형으로 둘러싼 석관들 중에 엔히크 왕자의 석관도 있었다. 발견기념비에서의 모습과 사뭇 다르게 화려한 고딕 양식이 아닌 단순하지만 엄숙한 형태였다. 바다를 호령했던 개척자의 모습보다는 그저 부모 형제 곁에 잠든 한 아이 같기도 했다. 바다의 무한함을 품었던 그 역시 우리와 다를 것 없이 빈손으로 죽음을 맞이한 인간에 불과했다.

바탈랴에서 차로 30분이 채 안 되는 거리에 파티마 대성당이 있다. 천주교 교인들에게 잘 알려진 성지순례지 중 하나다. 포르투갈은 전체 인구의 80퍼센트 이상이 천주교를 믿고 있으며, 교황청에서도 공식적으로 인정한 성모 발현 사건 중 하나인 '파티마의 기적'이 일어난 나라이기도 하다.

기원후부터 지금까지 약 2,000년의 역사에서 교황청이 공식적으로 인정한 성모 발현 현상은 손에 꼽힌다. 경우에 따라서는 일곱 건으로 보기도 하지만, 전 세계에 공인된 사례는 단 세 건뿐이다. 1531년 멕시코 과달루페, 1858년 프랑스 루르드, 그리고 1917년 포르투갈 파티마다.

나는 신의 존재에 대해서는 불가지론자에 가깝지만 여행 중 지역의 역사와 문화를 이해하는 데 있어 종교는 중요한 요소로 존중한다. 게다가 파티마의 기적은 실제 언론 기사와 수만 명의 증언이 남아 있는 20세기 가장 미스터리한 사건 중 하나인 만큼 그냥 지나칠 수 없어 파티마 대성당을 찾았다.

1917년 5월 13일, 포르투갈 중부의 작은 마을 파티마에 사는 세 어린 소녀들 앞에 성모 마리아가 총 여섯 차례 나타나 회개와 묵주기도를 권했다. 발현 초기 지역 주교들은 신중한 입장이었다. 우선 신학자, 의사, 심리학자, 성직자 들로 조사위원회를 꾸려 아이들의 증언을 검증했다. 그리고 마침내 마지막 발현일로 예고된 10월 13일, 무려 7만 명의 군중 앞에서 '태양의 기적'이라 불리는 이상 현상이 펼쳐졌다. 신자들뿐 아니라 기자, 정치인, 과학자 들이 목격했고, 반종교적 성향의 일간지에도 보도될 정도로 큰 반향이 있었다. 결국 1930년, 레이리아 주교는 파티마 발현을 공식적으로 인정했고, 이후 교황 비오 12세, 요한 바오로 2세 등은 이곳을 직접 순례하며 교황청 차원의 신앙심을 강화했다.

더 놀라운 건 1981년 5월 13일 파티마 발현 기념일에 교황 요한 바오로 2세가 바티칸 성 베드로 광장에서 피격을 당하고 가까스로 살아난 일이었다. 회복 후 "성모

께서 목숨을 지켜주셨다."라고 고백한 그는 1년 뒤 파티마를 찾아 자신의 몸에서 나온 총알 중 하나를 파티마 대성당 성모상의 왕관 안에 봉헌했다.

이 모든 이야기를 떠올리며 파티마 대성당 앞 광장에 서자 20세기의 역사가 고스란히 박제된 거대한 증언 앞에 선 기분이 들었다. 하얗게 빛나는 파사드 너머로, 무릎으로 광장을 기어가는 순례자들이 보였다. 어떤 이는 병든 가족을 위해, 어떤 이는 평화를 위해, 또 어떤 이는 호기심으로 이곳에 왔을 것이다. 이유는 다를지언정 모두가 같은 하늘을 올려다보며 기도하는 그 순간만큼은 말없는 연대가 광장을 가득 채우고 있었다.

파도에 흘려보내기

포르투에 다다르기 전, 마지막으로 한 곳 정도를 더 둘러볼 시간이 남았다. 전 세계 서퍼들의 로망이라 불리는 나자레의 거대한 파도를 보지 못하고 지나친 게 아쉬워 이를 대신해 바다를 물씬 느낄 수 있는 곳을 찾았다. 아베이루와 코스타 노바였다. 흔히 '포르투갈의 베니스'라 불리는 아베이루에는 도심 한가운데 운하가 흐르고, 그 위로 알록달록한 몰리세이루 배들이 미끄러지듯 다녔다. 윤슬이 반짝이는 수면 위를 오가는 곤돌라, 다리 난간마다 가득한 사랑의 자물쇠, 영원을 약속하며 사진을 남기는 커플들의 웃음소리가 도시를 밝혔다.

금빛 햇살을 따라 산책하다 운하를 끼고 늘어선 테라스 식당 한 곳에 자리를 잡았다. 일광욕하며 맥주를 마시기에 딱 좋은 오후였지만 운전을 해야 해 레몬에이드로 만족했다.

메뉴판에는 없었지만 구글 지도 리뷰에서 본 사진을 직원에게 보이며 포르투갈 대표 음식 중 하나인 해물밥을 주문했다. 음식을 기다리는 사이 조심스레 카메라를 들었더니 사람들이 먼저 다가와 포즈를 취하고 말을 걸었다. 확실히 아시아권과는 다른 분위기였다. 늘 그림자처럼 멀찍이 숨어 사진을 찍었는데 의외의 환대에 마음이 따뜻해졌다. 어쩌면 문화권의 차이라기보다 분위기의 차이일지도 모르겠다. 이런 곳에 살거나 여행하다 보면 근심 걱정이 녹아내린 덕에 이런 여유도 생기는 게 아닐까.

뒤쪽 테이블에 앉아 있던 여섯 살 남짓 돼 보이는 꼬마가 내 앞으로 다가왔다. 마치 태어나서 동양인을 처음보는 듯 아리송한 얼굴로 나와 내 카메라를 신기하게 쳐다 봤다. 이름은 마르코. 나는 아이의 부모와 눈인사를 나누고 마르코에게 사진 찍는 법을 알려 줬다. 카메라를 만지작거리다가는 무엇이 쑥스러웠는지 금방 돌려줬다. 사진을 몇 장 찍어 주고 악수를 하기 위해 손을 내밀었더니 대뜸 깊숙이 들어와 와락 안겼다. 예상치 못한 아이의 애교에 심장이 쿵하면서, 불현듯 '행복한 가정을 꾸리고 싶다는 욕구'가 '끊임없이 떠돌며 여행하고 싶은 욕구'에 균열을 냈다.

선글라스를 끼고 맥주를 마시는 아저씨들, 젊은 부부와 아이들, 두 손을 꼭 잡은 노부부, 내 또래의 연인들. 뜨거운 태양만큼이나 사방이 행복으로 따뜻했던 아베이루였다.

해가 질 무렵, 나는 다시 운전대를 잡고 코스타 노바로 향했다. 일몰을 놓칠까 서둘러 주차를 하고, 곧장 줄무늬 집들이 늘어선 골목을 가로질러 해안가로 달려갔다. 다행히 늦지 않았다. 대서양의 파도는 몰아치듯 해안을 두드렸고, 바닷바람은 온몸을 감싸며 진정한 자유를 선물했다. 뒤돌아보니 빨강, 노랑, 파랑, 초록으로 칠해진 집들이 귀엽게 줄지어 있었다.

이 집들은 본래 팔레이루스라 불리던 곡식 창고였다. 19세기 이후 어부들의 별장으로 개조되면서 줄무늬로 칠하게 됐는데, 이는 안개가 자주 끼는 이곳에서 집을 쉽게 구분하기 위한 기능적 이유가 컸다고 전해진다. 지금은 관광객을 위한 심미적 매력이 더 크지만, 그 역사적 맥락을 알게 되니 풍경이 더욱 인상 깊게 다가왔다. 무엇보다 사진 찍기를 좋아하는 사람이라면 그냥 지나칠 수 없는 개성 넘치는 마을이었다.

모래사장에 앉아 천천히 지는 해를 바라봤다. 붉게 물든 수평선은 바다와 하늘을 하나로 잇고, 파도는 쉼없이 밀려와 모래 위로 부서졌다. 지난 1년의 삶을 돌아보며 감상에 잔뜩 젖었지만, 돌아서고 나니 무슨 생각을 했었던가, 기억이 가물가물하다. 그 정도로 잊어도 될 법한 잡다한 근심들이었으리라 생각하며 파도와 바람에 흘려보낸 셈 치기로 했다.

마치 누군가의 여행기 엔딩 크레디트에 나올 법한 일몰 풍경이었다.
그러나 나의 휴가는 이제 겨우 반환점을 돌았다.
갑자기 기분이 좋아졌다.

꿈꾸듯 포르투

포르투에서 스냅 사진작가로 활동하는 코쿠의 집에 머물기로 했다. 코쿠는 때마침 한국에 일이 생겨 집을 비우게 됐다며 저렴한 값에 방을 내주었다. 코쿠와는 〈여행에미치다〉에서 만난 인연이자 대학 동문이다. 그렇다고 해도 같은 시기에 학교를 다닌 것도 아니고, 일할 때도 오면가면 눈인사 정도 한 게 다지만 여행자들끼리는 아주 작은 연결고리라도 생기면 더없이 반갑고 경계가 자연스레 사라진다. 덕분에 비록 일주일이지만 숙박 시설이 아닌 진짜 집에서 머물며 포르투에서 살아 보는 느낌을 경험할 수 있게 됐다.

4층을 넘기지 않는 빌라들이 늘어선 골목들 사이에 집주인이 단골이라는 카페 얼리에서 코쿠의 이름을 대고 집 열쇠를 받기로 했다.

"코쿠 친구?"

카페에 들어서자마자 점원이 먼저 알고 반겼다. 들른 김에 커피 한 잔을 주문하고 외관 사진을 찍으려는데 창가에 앉은 커플과 눈이 마주쳤다. 카메라를 가리키며 사진을 찍어도 괜찮은지 물었더니 미소와 함께 오케이 사인이 돌아왔다.

정겨운 금속 열쇠 꾸러미를 들고 집으로 향했다. 가장 큰 열쇠로 공동 현관을 열고 경사 높은 계단을 올랐다. 찌그덕 소리가 나는 목제 문을 열고 안으로 들어가니 괜히 마음이 편안해졌다.

옥색 타일 바닥의 좁은 통로 사이로 방들과 주방 공간이 나뉘어 있었다. 내가 좋아하는 개성 있는 구조였다. 집주인이 남겨 놓은 지침들을 숙지하고 그간 쌓였던 빨래부터 세탁기에 넣고 돌렸다. 다이얼을 돌려 세탁 시간을 설정하는 수동 방식이 다소 낯설었지만 레트로한 느낌도 나쁘지 않았다. 세탁을 마친 옷들을 주방 옆 작은 테라스에 있는 빨랫줄에 널었다. 자연광에 옷을 말리는 게 얼마 만인가.

주방에 외국어로 쓰인 과자들과 파스타면들 사이에서 한국 양념통들이 눈에 띄었다. 몇 년째 포르투에 거주하고 있는 코쿠는 이제 제법 방인이 됐을까? 아니면 여전히 이방인이라고 느낄까? 물건 하나하나에서 그가 적응해 온 시간들을 유추해 볼 수 있었다. 다음에도 기회가 된다면 호텔 대신 집을 빌려야겠다. 누군가의 생활 속 메타포를 해석하는 재미가 쏠쏠했다. 매일 새로 갈아 치워지는 호텔에서는 이방인의 부유감浮遊感을 느낄 수 없다. 오히려 여행과 삶의 경계가 모호한 공간으로부터 느껴지는 이질감이 여행을 더 설레게 한다. 낯선 나라에서 정돈되지 않은 편안함을 느끼는 게 좋다.

그렇다고 해도 포르투에서의 첫 식사를 맥도날드로 고른 건 현지인처럼 살아 보기의 일환은 아니었다. 평소 패스트푸드를 즐겨 먹지도 않는데 맥도날드라기엔 고풍스러운 레스토랑 느낌의 외관이 시선을 사로잡았다. 이름도 거창하게 '맥도날드 임페리얼'. 입구에 거대한 청동 독수리를 시작으로, 내부로 들어가자 높은 천장과 화려한 샹들리에, 주문대 위로 수놓인 스테인드글라스는 '세계에서 가장 아름다운 맥도날드'라는 명성을 증명하기에 충분했다.

사실 이 건물은 1930년대 '카페 임페리얼'이라는 이름으로 포르투의 만남과 교류의 장이었던 곳이다. 그런데 1950년대에 맥도날드가 인수해 '맥도날드 임페리얼'이 됐다. 처음의 인테리어를 고스란히 간직한 덕에 글로벌 프랜차이즈의 합리적인 가격으로 유서 깊은 카페에서 브런치를 즐길 수 있으니 특히 여행자에게는 고맙기 그지없다.

포르투에 머물면 못 해도 하루 한 번은 도루강을 지나게 된다. 숙소가 모여 있는 중심지로부터 강변까지는 제법 경사가 있어서 언덕 윗길과 아랫길 중에 골라 다니는 재미가 있다. 이렇게 강을 건너는 건 포르투를 보려면 맞은편 도시인 빌라 노바 드 가이아로 가야 하기 때문이다. 포르투에서 누릴 수 있는 유일한 낙이자 전부라 해도 과언이 아닌 풍경이다.

사람들은 이때 주로 동 루이스 다리Dom Luis I Bridge를 이용한다. 포르투를 검색해 본 사람이라면 한 번쯤 본 적 있을 이 철제 다리는 에펠탑을 건축한 귀스타브 에펠의 제자, 테오필 세리그의 작품이다. 자신의 본명보다 '에펠의 제자'로 더 많이 알려진 건 복일까? 독일까?

나는 이 다리를 건너기 전에 굳이 언덕길을 돌아 엔리케 광장에 들르곤 했다. 엔리케 광장은 다리 윗길이나 아랫길 어느 쪽이든 거쳐 갈 수 있는 중간 경사에 위치해 있다. 포르투의 풍경을 이야기할 때 으뜸은 단연 강 건너 세하 두 필라르 수도원에서 내려다보는 동 루이스 다리 전망임에 이견이 없으나, 둘째로는 이곳 엔리케 광장을 꼽고 싶다. 강변으로 향하는 언덕 아래 건물들 사이로 감질맛 나게 반짝이는 도루강은 마치 잠시 후 마주할 아름다운 광경의 예고편을 보여 주는 듯했다. 꼭 강변이 보이지 않는 자리라도 좋다. 잔디밭에 여유롭게 누워 있는 사람들이 주는 평안함에 마음이 절로 녹았다.

도시 생활을 하다 보면 좀처럼 누워서 하늘을 올려

다볼 일이 없다. 우선 이렇게 맘 편히 사람들이 누워 있을 만한 풀밭이 좀처럼 없을뿐더러, 학습된 질병에 대한 공포도 풀밭에 눕지 못하는 이유 중 하나다(TV프로그램 〈위기 탈출 넘버원〉에서 쯔쯔가무시 이야기 들어 본 적 있지 않나). 게다가 자외선은 피부에 독이라며 피하기 바빴는데 이곳 사람들은 반대였다. 가장 볕이 강하게 드는 곳을 골라 자리를 잡고는 앉거나 누웠다. 바지에 풀물이 드는 것 따위는 아랑곳하지 않았다. 줄 이어폰을 꽂고 양팔로 뒤통수를 감싸고 누워서는 다리를 거들먹거리거나, 가지런히 모은 두 무릎을 감싸고 멍하니 도로에 지나다니는 차들을 구경하거나, 책으로 얼굴만 가린 채 백팩을 머리에 베고 낮잠을 잤다. '자유'라는 단어를 보며 떠올렸던 장면이 바로 여기 있었다.

에메랄드 빛 해변의 줄지어 선 선베드보다 사방이 자동차로 북적이는 사거리 광장에 누웠을 때 더 큰 자유가 있다. 마땅히 여유를 즐기기 위해 조성된 공간인 해변과 달리, 도시 한복판에서의 늘어짐은 상대적 일탈감이 고조되는 까닭이다. 여유를 즐기는 이들에게 방해가 되지 않도록 멀찍이 떨어져 카메라 셔터를 눌렀다. 그러다 보니 나도 눕고 싶어졌다. 그늘진 곳이 명당이라는 한국인의 습성은 내려놓지 못해 응달에 누웠다. 어쨌든 윈윈이었다. 처음엔 작은 벌레들이 득실거리는 것만 같고, 옷에 얼룩이 지는 건 아닐지 신경 쓰였던 것도 사실이다. 그렇게 불편한 생각을 하며 누워 있는데 부드러운 바람이 머리카락을 흔들며 쓸데없는 걱정들을 모두 씻겨 주었다.

생각해 보니 어머니께 옷 상태 지적받을 일 없이 혼자 지낸 지도 10년이 넘었다. 더러워진 옷은 세탁하면 그만이다. 지워지지 않으면 낭만의 상흔으로 남겨 두는 것도 나쁘지 않다. 머리 뒤로 양팔을 베고 누워 다리를 꼬아 올렸다. 너덜너덜 아이보리가 된 흰색 컨버스 로우, 곳곳에 얼룩 범벅이 된 리바이스 청바지, 누렇게 색이 바랜 랄프로렌 셔츠까지, 여행으로 얼룩진 투박한 착장이 꽤 마음에 들었다.

잠깐 눈을 감고 있으니 귀가 트였다. 차 지나다니는 소음과 새소리, 사람들의 말소리……. 도통 뜻을 알 수 없는 외국어들이 카페에 흐르는 음악처럼 느껴졌다. 떨어진 햇빛을 듬뿍 머금은 땅의 온기, 얼굴 위로 스치는 선선한 바람에 나도 모르게 선잠이 들었다.

● ┃ ▶

머리만 대면 잠드는 내게 꿈은 삶의 낙이었다. 꿈을 많이 꾸기도 하지만 무엇보다 꿈속 세상을 동경했다. 꿈은 대체로 현실보다 따뜻했고, 걱정이 없었다. 유년기의 내 세상에는 언제나 무거운 공기가 도사렸고, 깨어 있는 시간 내내 어른들 눈치 보기 바빴다. 할 수 있는 건 아무것도 없는데 주변 상황이 좋지 않다는 건 직감적으로 알았다.

집이 썩 편치 않아서 친구들을 모아 동네를 전전했다. 저녁 먹으라는 소리에 아이들이 하나 둘 각자의 집으로 돌아가면 혼자 시장 한두 바퀴를 더 돌고 나서야 빈집으로 돌아가곤 했다. 그렇게 돌아와 불을 켰는데 거실 한복판이나 벽에 바퀴벌레들이 있으면 왠지 나와 닮았단 생각에 못 본 척하고 도망갈 시간을 줬다.

당시 어머니는 백반집에서 반나절 일하며 월 60만원을 받았다. 물가를 고려해도 두 식구 먹고살기엔 턱없이 부족한 돈이었다. 어떤 날은 호프집 위층에 있던 우리 집으로 반갑지 않은 손님들, 빚쟁이 아저씨들이 찾아오기도 했다. 혼자 있을 때 누가 벨을 누르면 아무도 없는 척하고 숨어 있으라던 어머니 말을 목숨처럼 지켰다. 어쩌면 빚쟁이 아저씨들도 집에 내가 있다는 걸 알면서 모른 체해 줬던 건 아닐까.

그런 상황에서 현실의 도피처나 다름없던 꿈나라는 내게 희망이 반영된 미래의 거울이기도 했다. 고등학생 때는 대학 캠퍼스를 누비는 모습을, 대학생 때는 직장인이 돼 정장을 입고 출근하거나 비행기 타는 꿈을 그렇게 자주 꿨다. 지금의 나를 보면 정말 말 그대로 꿈꾸던 삶이 펼쳐진 셈이다.

'우리는 우리가 염원하는 것을 꿈이라는 장치를 통해 형상으로 맞이한다.'

프로이트의 말에 고개를 끄덕였다. 그러나 프로이트는 꿈이 미래를 예견한다거나 현실로 실현될 거란 기대감에 힘을 보태 주지는 않았다. 그래서 나는 카를 구스타프 융의 우연과 동시성에 대한 연구들에 빠졌다. 꿈과 현실의 인과관계까지는 바라지 않지만, 적어도 연관성에 대한 기대는 잃지 않고 있다.

● ┃ ▶

　다시 엔리케 광장이다. 눈을 떠보니 흙 밭이었다. 주
변에는 버려진 타이어와 녹슨 드럼통, 모래주머니들이
가득 쌓여 있었다. 보통 꿈의 공간은 제멋대로 왜곡돼 있
는데 어이없는 조합을 발견하는 순간 나는 꿈이라는 걸
자각한다. 아니나 다를까. 육군 훈련소로 추정되는 공간
에서 중학교 동창과 회사 선배가 포복을 하고 있었다. 꿈
속에서 본 사람들에게 '분명 아는 얼굴인데 우리가 어떻
게 알게 된 사이지?'라는 질문을 던져 버릇하면 상상 속
공간이 현실과 연결되면서 붕괴돼 버린다. 역시나 이번에
도 꿈이었다.

　때마침 건널목의 클랙슨 소리가 나를 깨웠다. 냉큼
바로 앉아 주위를 둘러봤다. '아, 포르투 여행 중이었지.'
신기한 노릇이다. 불과 10년 만에 꿈과 현실의 모양이 반
대가 돼 있었다. 요즘 꾸는 꿈들은 대부분 그랬다. 고등
학교 기말고사 시즌인데 수학 진도를 못 따라가는 꿈, 군

대에서 철야 근무하는 꿈, 눈을 떴는데 뉴스 시간이 코앞이거나 다리가 움직이지 않아 스튜디오로 갈 수 없는 꿈 등이 단골이다. 꿈과 현실의 격차는 여전하지만 방향이 달라졌다. 이제는 내가 지향하는 미래가 아닌 답답했던 과거의 모습들을 꿈속에서 만난다.

'꿈이었다니 아쉽다'가 '꿈이라서 다행이다'로 바뀌기까지 10년이 걸렸다. 정신을 차린 나는 당연하게만 여겨 왔던 근래 현실을 돌아보며 감사함을 느꼈다. 어쩌면 어린 시절의 나는 꿈이라는 예고편을 통해 미래를 앞서 만난 게 아닐까.

그럼 '꿈을 통해 바라는 삶을 만난다'는 명제는 어떻게 되는 걸까. 힘들었던 과거가 꿈속에 나타나는 까닭은 무엇으로 설명될까. 나는 불안이 넘치던 그 시간들을 그리워하는 것일지도 모르겠다. 아직 이룬 건 없지만 언젠가 다다를 수 있을 거란 희망으로 가득 찼던 날들. 이 고비만 넘기면 삶이 더 나아질 거라는 바람으로 하루하루를 이겨 내던 긍지가 예전만 못 해서 과거의 내가 경종을 울리려 꿈에 나타난 모양이다.

골목을 벗어나니 인파가 몰린다.

분주한 발걸음이 상 벤투 역을 향한다.

커다란 창문과 시계탑이 있는 석조 외관도 좋지만

대합실 벽면을 가득 채운 2만 장에 달하는 아줄레주 타일은

누구라도 발걸음을 멈추게 한다.

포르투 언덕에 자리한 로마네스크 양식의 성당에서
도시와 도루강을 내려다보며 이런저런 생각에 잠겼다.
오롯이 나를 위한 사색의 시간을 가지는 것이야말로
혼자 하는 여행의 장점이다.

유럽을 여행하다 보면 자연스럽게 다양한 건축 양식의 성당들을 만난다.
외벽 가득 푸른 아줄레주 타일이 인상적인 포르투의 알마스 성당.
성당을 올려다보니 하늘빛과 하나가 되는 듯 청쾌함을 자아낸다.

유한해서 소중한 것들

포르투갈 자체가 전반적으로 한적하고 편안한 분위기지만, 확실히 포르투는 보다 여유로운 느낌이다. 쉼 없이 다니는 건 나쁜인가 싶을 정도였다. 짧은 여행 관성 탓에 초반 이틀은 들르는 장소마다 카메라를 꺼내 찍고, 감상을 적으며, 봐야 할 것들을 차곡차곡 챙겼다. 도시가 작기도 하고, 볼거리가 많은 곳은 아니라 시간이 지나면서 점차 여유가 생겼다.

　언제부턴가는 카메라는 방에 둔 채 맨몸으로 다녔고, 햇빛을 알람 삼아 원 없이 늦잠도 잤다. 리스본에서 먹던 뽈뽀와 바칼라우를 가게만 바꿔 가며 먹었는데 달라진 건 음료가 상그리아에서 포트와인으로 바뀐 정도였다. 포트와인으로 바꾼 데는 특별한 이유가 있었다. 포르투 도루강에서 재배된 포도로 만든 와인만 포트와인이라 불리는데 어떻게 포르투에서 다른 걸 마실 수 있겠나. 포트와인은 세계 최초로 국가 공인 기구를 만들어 품질 보증 시스템을 갖춘 근본 있는 와인이다. 이는 프랑스보다도 무려 200년 앞선 것으로, 이 또한 리스본 대지진을 수습했던 퐁발 후작의 업적 중 하나다. 긴 항해를 위해 브랜디를 섞어 높은 도수와 당도를 자랑하는 포트와인은 한두 잔만 마셔도 취기가 올라 가성비까지 훌륭했다. 포트와인이 선사하는 달콤한 취기에 익숙해질수록 이 도시를 벗어나기 싫어졌다.

낮에는 에그타르트, 저녁엔 와인 한 병을 들고 동 루이스 다리를 건너 모로 언덕으로 향했다. 하루에도 서너 번씩 매일 같은 길을 걸어도 흐르는 음악이 달라지니 따분할 틈이 없었다. 포르투에서는 사람들이 몰리는 광장이 아니더라도, 골목 사이로 악기를 연주하는 버스커들을 어렵지 않게 만날 수 있었다. 책에 소리를 담지 못하는 게 아쉬울 정도로 실력은 물론이고 콘셉트까지 각양각색이라 귀 호강, 눈 호강을 하며 음악을 따라 발걸음을 옮겼다. 한 연주자로부터 거리가 멀어지면서 그의 음악 소리가 잦아들면 디졸브 되듯 새로운 음악 소리가 반겼다.

버스킹의 묘미를 모르고 살았다. 세계적으로 유명한 악사들의 공연을 초고음질로 언제 어디서든 꺼내 볼 수 있는 디지털 시대 아닌가. 이따금 보는 거리 공연도 귀보다는 눈으로만 즐겨 왔다.

그런데 산타 카타리노 로드에 있는 스트라디바리우스 매장 앞에서 무심했던 산책의 리듬이 깨져 버렸다.

스트라디바리우스는 한국에는 아직 들어오지 않은 SPA 의류 브랜드다. 현악기의 장인 안토니오 스트라디바리가 자신이 만든 악기에 붙인 이름이 '스트라디바리우스'인데, 패스트 패션의 상징인 SPA 의류 브랜드의 이름으로도 쓰인다는 게 아이러니했지만 브랜드 로고가 높은 음자리표 모양이니 버스킹을 하기엔 꽤 멋진 장소였다.

그 앞에서 한 청년이 연주를 시작했다. 파마 머리를 하고, 노란색 타미힐피거 티셔츠에 반바지를 입고, 나이키 에어포스 올백을 신은 그는 세련된 디자인의 전자 바이올린을 들고 있었다. 클래식과 결을 달리하는 신선한 아웃피트는 스트라디바리우스 브랜드가 가진 언밸런스를 의인화한 느낌이었다.

그가 연주한 곡은 R&B부터 EDM까지 장르를 오가는 인기 팝 음악들이었다. 젊은 연주자의 선율에 매료된 행인들의 발걸음이 하나 둘 묶이기 시작했다. 몇 곡이 흐른 뒤 카키색 반팔 티셔츠를 입은 비슷한 차림의 다른 청년이 합세했다. 높은음자리표 입간판을 가운데 두고 펼쳐진 즉흥 연주였다. 두 청년은 연주를 하다 방방 뛰다 하며 떼창을 유도했다. 연주자와 관객 모두 흥에 물들 무렵, 선글라스를 쓴 중년의 백발 남성이 갑자기 내게 휴대전화를 건네며 촬영을 부탁했다.

"사진 말고, 영상으로 찍어 주세요."

그러더니 돌연 아내의 손을 잡고 무대 중앙으로 가춤을 추기 시작했다. 아비치의 곡 '웨이팅 포 러브Wating for Love'에 맞춰 춤추는 부부에게 관객들은 박수갈채를 보냈다. 노래가 끝날 무렵 이들의 진한 입맞춤은 고상함과 캐주얼이 대비를 이루던 모든 공간적 요소와 어우러져 변치 않는 사랑의 표상을 보여 주는 듯했다.

석양을 보기 위해 자리를 옮겼다. 또다시 동 루이스 다리를 건너 필라르 수도원에 올랐다. 아름다운 석양을 보면서도 계속 그들의 연주가 아른거렸다. 땅거미가 내리자마자 혹시나 하는 마음으로 다시 스트라디바리우스 매장 앞으로 갔다. 노란 티셔츠의 청년이 여전히 노래를 부르고 있었다. 이번에는 아예 매장 옆 젤라토 가게에 자리를 꿰차고 앉아 감상에 젖었다. 그렇게 30분 정도 흘렀을까. 에드 시런의 곡 '포토그래프'를 끝으로 바이올린 버스킹은 막을 내렸다. 낮에 봤던 카키색 티셔츠의 친구도 돌아왔다. 앰프를 정리하고 있는 그들에게 다가가 감사 인사를 건넸다. 노란 티셔츠는 알폰수, 카키색 티셔츠는 파브리지오라고 했다.

"당신들의 음악 덕분에 나의 하루가 행복해졌어요."

포르투에 머무는 동안 길을 나설 때마다 두 청년을 다시 만날 수 있을까 하는 기대에 설레었다. 오늘은 또 어떤 연주가 펼쳐질까. 도루강 주변을 지날 때, 동 루이스 다리를 건널 때, 모로 언덕 위, 필라르 수도원에 오를 때, 같은 장소여도 그곳을 채운 사람들에 따라, 그날의 날씨에 따라 새로운 공간이 된다는 걸 새삼 느꼈다. 아쉽게도 알폰수와 파브리지오를 다시 만나지 못했다. 하지만 그래서 그날의 순간이 더 소중한 추억으로 남은 것 같다.

● | ▶

주변의 기대로부터 추진력을 얻었던 나는 그 기대에 짓눌려 성장이 멈췄다. 계획보다 일찍 합격해 버린 아나운서 시험 덕에 지상파 최연소라는 낯간지러운 타이틀까지 받았다. 막내로 들어왔으니 나이야 많기보단 적을 것이고, 대학을 졸업하기 전에 입사한 선배들은 이전에도 여럿 있었다. 타사에 나보다 어린 후배가 입사하고 나서는 최연소 '남자' 아나운서로 수식어가 바뀐 걸 보면 그저 명분 만들기에 불과했던 수식어가 아니었나 싶다.

어쩌다 보니 5년 차인 올해까지 나이로는 막내지만 그게 아나운서로서 나에게 미치는 영향은 사실상 없다. 좀 빨리 들어왔으니 미숙하기 일쑤였고, 여유를 갖고 차

근히 배울 수 있으면 좋은데 프로의 세계는 냉정했다. 경력 없이 어린 나이에도 합격했을 만한 이유를 납득시켜야 할 것 같은 느낌이랄까. 이 빠른 템포를 지키기 위한 강박 같은 것이 생겨 버렸다.

출발은 꽤 순조로웠다. 유명무실한 '최연소 아나운서' 타이틀로부터 벗어나는 게 제1 목표였는데 처음 배정받은 문화연예 뉴스 코너에서 춤을 춘 것이 인터넷상에서 화제가 되면서 '춤추는 아나운서'라는 새로운 타이틀을 얻었다. 기대했던 아나운서로서의 커리어 전개와는 괴리가 생겨 버렸지만 모쪼록 덕분에 연차 대비 새롭고 다양한 방송들을 경험할 수 있었다.

하지만 모든 일이 그렇듯 장점만 있던 건 아니었다. 어딘가 나를 새로이 소개해야 할 때마다 춤추는 모습이 요구됐다. 여기까지는 그럴 수 있다. 하지만 뉴스 스튜디오 밖에서 정장을 벗은 아나운서의 춤은 그다지 신선할 게 없었고, 춤을 잘 추는 편도 아니었다. 그리고 사실 성격도 그리 외향적이지만은 않다. 그럼에도 불구하고 들어오는 물 위에서 어떻게든 노를 저어 보려고 스스로 위안을 삼느라 만든 말이 바로 '의아함은 그들의 몫, 나는 나다운 걸 하자'였다. 앞에서 호기롭게 첫 슬로건이라며 뽐내듯 말했지만 실은 스스로를 위로하고, 용기를 주기 위한 주문이었다. 이제 와 고백하건대 당시 내가 했던 것들이 정말 나다운 것이었는지 잘 모르겠다.

지속 가능성에 한계를 느낀 나는 결국 빠른 탈피를 선택했다. 또다시 넥스트가 필요했다. 유튜브를 시작했고, 책도 썼다. 해 보고 싶었던 것, 조금이라도 도움이 될 만한 건 다 했다. 내 기준 안에서 결과도 제법 유의미했다. 하루 네다섯 시간 자면서도 성장하는 느낌이 주는 도파민으로 버텼다. 그러던 중 심한 교통사고까지 났는데도 그조차 나는 성장 스토리의 연료로 써먹었고, "그러다 부러진다", "천천히 오래가라" 같은 주변의 걱정들이 열심히 산다는 칭찬으로만 들렸다.

하지만 성과가 줄고, 육체적 피로가 극에 달하면서 의심이 고개를 들었다.

'그래서 이것들이 무슨 의미가 있는데?'

'좋아서'라고 이름 붙였던 이유들이 '쓸모'라는 이유에게 잠식당하기 시작하자 지속 가능성에 문제가 제기됐다.

1년 단에 구독자 5만을 달성했던 유튜브 채널은 4년째 6만을 넘기지 못했다. 춤추는 아나운서로 알려졌을 때는 먼저 알아보는 사람들도 많았지만 요즘은 춤추는 아나운서를 기억하는 사람이 있으려나? 유명해지기 위해 아나운서가 된 건 아니어도 아나운서가 된 이상 유명해질 필요가 있다던 한 선배의 이야기가 잊고 있던 숙제처럼 떠오른다.

아나운서를 시작한 첫해에 비해 최근 2~3년은 별성과를 내지 못한 것 같다. 인간의 욕심은 끝이 없다지만 주위에 끊임없이 폭발적으로 성장하는 사람들을 보고 있노라면 속이 근질거린다. 자신감이란 원래 근거가 없어야 한다고 당당하게 말하던 나였는데 자기객관화가 얼굴을 내밀자 부족함만 돋보인다. 그사이 세상을 더 알게 됐고, 비교 대상이 늘었다. 그러다 보니 '그럼에도 불구하고 계속해야 할 이유'를 찾는 것보다 나를 낮추고 내려놓는 게 더 쉬워졌다.

몸은 확실히 편해졌다. 자도 자도 시간이 남아 신기했다. 하루가 이렇게 긴 것이었다니. 퇴근 후엔 좀처럼 안 마시던 술잔에 푸념을 말아 삼켰다. 덕분에 자주 못 보던 친구들의 이야기도 들었다.

서울대를 졸업하고 다시 한국예술종합학교에 들어가 영화판에서 뛰다가 드라마 PD로 입사한 동기 지수 형이 말했다.

"인생은 이뤄 내야 할 목표가 아니라 그저 태우는 연료에 불과해."

그에게 들었던 이야기 중 유일하게 진지한 문장이다. 알베르 카뮈와 니체도 비슷한 말을 했던 것 같지만 지수 형 입에서 나온 말이 더 와 닿았다. 누구보다 괴물처럼 스펙 경쟁에서 살아남았으면서 맨날 웃는 얼굴로 시시콜콜한 이야기만 떠들어 대는 숨은 고수가 선물해 준 말의 무게랄까. 깨달음 때문이었는지 숙취 때문이었는지 몰라도 그 말을 듣고 머리가 띵했다.

어쩌면 잘 지내던 나를 괴롭힌 건 스스로 했던 '의미와 이유를 묻는 질문'이 아니었을까 싶다. 빠르게 삶을 바꾸고 싶다면 물음표로부터 추진력을 얻을 수 있지만, 속도를 막론하고 지속해 나가기 위해서 나는 구부러진 물음표를 펴기로 했다.

? → !

그렇게 나는 숫자와 쓸모에 가려졌던 그냥 좋아서 하는 마음을 되찾기 위해 바이올린을 배우기 시작했다. 포르투에서 만난 알폰수와 파브리지오의 영향이 컸다. 요즘도 가끔 그날 촬영한 두 청년의 바이올린 연주 영상을 꺼내 본다. 기대와 가치를 완성한 건 '완전한 소유'가 아닌 '유한함'이었다.

나의 여행과 당신의 여행은 다를 것이다. 심지어 어제 나의 여행과 오늘 내 여행도 다르다. 누군가는 하루만에 둘러보고도 다 봤다고 하겠지만 열흘, 아니 한 달, 1년을 살아도 충분히 느끼지 못했다고 생각할 수도 있다. 여행은 각자의 도화지에 다양한 색을 묻히는 것이다. 여행을 좋아하고 또 그리워하는 건 영원이 아닌 잠깐의 소중함 때문이라고 생각하니 삶의 모든 유한함이 불안이 아닌 감사함으로 느껴지기 시작했다.

에필로그

2025년, 30대의 출발은 비교적 여유로웠다. 새 출판 계약서에 도장을 찍었다는 것 또한 직장 생활에 숨통이 좀 트였다는 방증이었다. 개편으로 고정 방송 스케줄이 바뀌면서 심리적으로나 시간적으로나 개인 시간 활용에 대한 기대를 다시 키울 수 있었다.

가장 큰 변화를 꼽자면 첫 책은 주로 퇴근 후에 썼는데 이번 책은 출근 전에 쓴다는 점이었다. 새벽 다섯 시에 출근하던 스케줄에서 밤 열 시에 퇴근하는 스케줄로 바뀌었다. 다소 극단적인 스케줄 변화이기는 하지만 그래서 좋다. 2년 만에 다른 직장으로 이직한 느낌이랄까. 역마살 잔뜩 낀 변덕쟁이로서 업무 환경의 극단적 변화는 방송직군이 가진 최대 장점이다. 적어도 가정을 꾸리기 전까지는 말이다.

연말 연초 증시가 호황이었던 덕에 여행도 맘 편히 다녔다. 나 역시 땅 파서 여행 다니는 건 아니다 보니 여행 빈도와 계좌 수익률 사이에는 적잖은 상관관계가 있다. 수익 실현 전까지는 내 돈이 아니라고들 말하는데, 맞는 말이다. '없는 돈이다' 생각하고 투자하라고 배우긴 했지만 지금은 진짜 다 없는 돈이 되어 버렸다. 원래 크게 잃어 본 사람이 크게 번다고 했다. 직장 때려치우겠다며 공격적으로 투자에 나섰다가 시장에 두들겨 맞고 오히려 직장에 감사하게 된 친구들을 주변에서 여럿 봤다. 남 얘기처럼 하지만 나도 별반 다르지 않다. 세상에 굳이 안 해 봐도 좋은 경험이 있다는 걸 이렇게 배운다. 그래도 팔기 전까지는 손실이 아니다. 내 직업은 투자자가 아니니 나는 그냥 끝까지 버티기로 했다. 미래의 내가 책을 보고 지난날을 후회하지 않길 바란다.

그래도 다녀온 여행에는 후회가 없다. 어차피 사라질 돈이었다면 오히려 잔뜩 어깨에 힘이 들어가 있을 때 더 용기 내서 많이 다닐걸. 이 글을 쓰고 있는 2026년 2월, 가는 카페마다 주식으로 돈 벌었다는 손님들 얘기로 가득하다. 지난해에 돈에 대해 공부하다 보니 글쓰기와 유튜브 편집은 자꾸 뒷전으로 밀렸다. 투자 공부나 트레이딩은 자본주의 사회에서 가장 중요하다는 돈을 벌어다 주는데 한가롭게 청춘 타령 할 땐가 싶은 마음이었달까.

2025년 겨울에 출간하기로 했던 집필을 올해로 미룬 것도 숫자 놀음하며 낭만을 논하고 싶지 않았기 때문이었다. 그래서 올해는 투자에서 한 발 떨어져 다시 '의미'에만 집중해 보기로 했다. 쓸모없음의 쓸모를 믿기로 했으니까. 이 책을 읽고 있는 독자들은 어떻게 생각할까. 2026년 2월의 내가 지금이라도 사람들 따라 투자에 매진했어야 했나, 아니면 비행기 티켓을 하나라도 더 끊었어야 했나.

여행과 감상을 논하면서 돈 얘기를 떠드는 건 스스로 봐도 정말 멋없다. 그럼에도 굳이 마지막에 궁상맞은 생각을 박제해 두는 까닭은 훗날 미화될 서른 살, 젊은 날의 순간에도 이상과 현실 사이의 괴리 속에서 진동하고 있었다는 걸 잊지 않기 위함이다.

2024년은 내 삶에 있어 가장 행복했던 한 해였다. 이유를 묻는다면 거창하게 답할 자신이 있다. 꿈을 이뤘기 때문이다. 일찍이 아나운서가 꿈은 아니었다. 직업을 꿈으로 삼는다면 도달하는 순간 목표를 상실하는 셈이니 꿈을 명사가 아닌 동사에서 찾았다.

'살아서는 목소리로, 죽어서는 글을 통해 이야기를 전하는 사람'

여전히 내 꿈은 '말하기와 쓰기'다.

다만 강연자와 작가로서의 면모를 고루 행할 수 있는 직업으로 아나운서를 선택했을 뿐이다.

감사하게도 아나운서 시험에 합격했고, 세상에 목소리를 내고, 글도 남기는 삶이 마침내 실현됐다. 입사 첫해, 막내였던 만큼 많은 스케줄을 소화하며 첫 책을 집필했다. 비록 잠도 줄여야 했고, 놀자는 유혹들도 수차례 고사해야 했지만, 주말·휴가 할 것 없이 북토크와 강연 다니기에 바빴던 그 시절의 나는 누구보다 생기 있었다. '주체적인 삶과 도전'을 주제로 사람들과 이야기 나누는 데 한창 고취돼 있던 당시, 한 청중의 질문이 기억에 남는다.

"영한 님이 궁극적으로 꿈꾸는 이상적인 삶이란 어떤 모습인가요?"

자신이 넘쳤던 나는 여느 질문과 다름없이 기다렸다는 듯 답변을 이어 나갔다. 여름에는 무더위를 피해, 겨울에는 맹추위를 피해 해외를 쏘다니겠다고, 그러고는 돌아다니기 좋은 봄·가을에 한국으로 돌아와 정기 강연·토크콘서트를 열어 새롭게 보고 느낀 것들을 나누겠다고……. 그렇게 끊임없이 세상을, 삶을 유영하며 소재 고갈 걱정 없는 이야기꾼으로 사는 것이야말로 나의 궁극적인 이상향이라고 답했다. 지금까지도 유효한 인생의 바람이다. 그리고 다음을 더 덧붙였다.

하나, 경제적 여건까지 넉넉해지면 1세대 아나운서이신 황인용 선배의 '카메라타' 같은 나만의 정체성이 담긴 공간을 꾸려 무료 정기 강연 진행하기

둘, 여건이 넉넉지 못하더라도 전국 순회를 다니며 '주제를 주문받지 않는' 초청 강연자 되기

제법 구체적이면서도 낭만 있는 답변에 청중이 제법 귀여워해 주는 눈치였다. 미소와 응원의 박수 속에 으쓱해지려는데 꼬리질문에 허를 찔렸다.

"그건 지금도 하실 수 있는 거 아녜요?"

무릎 반사처럼 손을 내저으며 답이 튀어 나갔다.

"에이, 당장 내일 출근해야지 가긴 어딜 가요!"

"그럼 언제쯤 하실 건데요?"

순수한 질문에 이성이 이치를 바로잡았다. 그분의 말이 맞다. 아나운서가 못 됐다면 무일푼 세계 일주를 떠날 작정이었던 나였다. 통장에는 당시의 각오 이상의 잔고가 쌓여 있고, 내 글을 읽고, 자리를 마련하면 모여 주시는 분들까지 늘어나기 시작했다. 그럼에도 불구하고 나는 당연하다는 듯 '아직은 할 수 없음'에 쐐기를 박아 뒀던 것이다. 역설적이게도 꿈의 발목을 잡는 건 지금에 대한 만족이었다. 물 들어올 때 최대한 노를 저어 두어야 한다는 욕심부터 직업과 직장을 다시 구하는 상황에 처

할 두려움까지, 떠나지 못하는 이유랍시고 내가 쥔 것들이 벌써부터 나를 옭아매고 있다는 것에 소름이 끼쳤다.

그럼 언제 실행할 수 있을까? 어쩌면 평생 같은 이유로 시작하지 못할지도 모른다. 지금의 안락함에 꿈에 대한 도전을 멈추게 된다면 그건 복일까? 독일까? 허나 이제는 안다. 비록 그 꿈 같은 삶이 실현되지 않는다 할지라도 어떻게든 다른 모양의 기쁨으로 살아갈 수 있음을. 그때가 되면 알아서 바라지 않겠지. 그래서 하고 싶을 때, 생각이 들 때, 더 거침없이 나설 필요가 있겠다. 머무름과 떠남을 고민하는 사이, 일단 이번 주말 이틀짜리 항공권을 결제하는 걸로 타협을 본다.

어느 정도 각자 자리를 잡은 고향 친구들과 지난날을 톺아보면 대체로 공감하는 모순점들이 있다. 내가 그토록 바라던 '안정과 자유'가 '의욕이나 만족'과 상충될 수도 있다는 것이다. 원하는 삶에 가까워질수록 오히려 의욕이 꺾이는 스스로에게 느끼는 거부감. 외려 결핍에 수척했던 그 시절 눈빛에 서린 총기가 지나고 나서야 반짝인다. 참으로 배부른 소리, 욕먹기 딱 좋은 말인 걸 안다.

누군가는 설익은 성취에 벌써부터 유난이라며 비웃을지 몰라도 묵묵히 더 큰 성취를 향해 달리는 긍지보다 '잘 가고 있는 게 맞나' 흔들리는 추태에 정감 가는 요즘이다.

적어도 내가 느끼는 '안정과 자유'란 다다랐을 때보다 다다르는 과정에서 더 빛이 난다. 계산기를 들이밀며 시도 때도 없이 증명을 요구하는 결과주의 세상에 돌을 던져 본다. 물론 '안정과 자유'를 거부하는 건 아니다. 다만 주어지는 순간, 감사함을 느끼기가 어려워진다는 것을 헤아려 나가는 중이다. 결국 만족은 스스로를 구하는 생각의 몫인가 보다.

다다르지 못했다면, 불확실함 속에서도 고통을 감내하는 치열함 자체를 높이 살 것.

다다랐다면, 지나온 길을 회상하며 맞이한 오늘을 감사할 줄 알 것.

다만 이제 그 감사함의 뿌리를 '타인과의 비교'에서 찾지 않으려 한다. 각자에겐 각자의 우주가 있으니까.

각자의 우주

초판 1쇄 발행 2026년 4월 30일

지은이 정영한
펴낸이 허정도

편집장 임세미
책임편집 한지은 **디자인** 김지연
마케팅 신대섭 김수연 배태욱 김하은 이영조 **제작** 조화연
2차 저작권 문의 안희주 문주영

펴낸곳 주식회사 교보문고
등록 제406-2008-000090호(2008년 12월 5일)
주소 경기도 파주시 문발로 249(10881)
전화 대표전화 1544-1900 **주문** 02)3156-3665 **팩스** 0502)987-5725

ISBN 979-11-7061-388-6 (03810)